透明怪人

〔日〕江户川乱步 著

叶荣鼎 译

山东画报出版社

译者序

红极一时的日本动漫《名侦探柯南》的作者漫画家青山刚昌，孩提时代曾是江户川乱步的超级追星族，他笔下的主人公江户川柯南的姓就取自日本推理文学鼻祖江户川乱步，名则取自英国的柯南·道尔。

日本作家历来都有用笔名的传统，江户川乱步本名平井太郎，早年就读于早稻田大学经济学专业，江户川就在早稻田大学旁边。巧合的是，"江户川"的日式英语发音"edogawa（爱多嘎娃）"，与"Edgar a-（埃德加·爱）"的发音极其相似；

"乱步"的日式英语发音"ranpo（兰波）"，与"llan Poe（伦·坡）"的发音又十分相近，故而决定以"江户川乱步"为笔名。从此，这个名字陪他度过了四十年推理文学创作生涯，也成为日本推理文学史上不可逾越的高峰。

1923年，乱步在《新青年》杂志上发表处女作《二钱铜币》，引发轰动。当时的编者按这样写道："我们经常这样说，《新青年》杂志上总有一天将刊登本国作者创作的侦探小说，并且远远高于欧美侦探小说的创作水平。今天，我们终于盼来了这一兴奋时刻。《二钱铜币》果然不负众望，博采外国作品之长，水平遥遥领先于外国名作。我们深信，广大读者看了这篇小说后一定会深以为然，拍案叫绝。作者是谁？是首位登上日本侦探文坛的江户川乱步。"

1925年，乱步发表小说《D坂杀人事件》，成功塑造了日本推理文学史上的第一位名侦探——明智小五郎。其后，他又陆续创作了《怪盗二十面相》《少年侦探团》等脍炙人口的作品，其中的"怪盗二十面相""少年侦探团"等角色已经突破了类型文学的束缚，成为世界文学史上的典型形象，先后多次被搬上各种舞台，改编成各种各样的影视、动漫作品。

第二次世界大战爆发后，江户川乱步因作品被禁止出版，投笔抗议，公开发表《作者的话》："我撰写的小说主要是把侦探、推理、探险、幻想和魔术结合在一起，让读者富有想象力和创造力。人类必须怀有伟大的梦想，经过不断的努力，才会创造出伟大的时代。没有梦想，没有幻想，就没有科学。历史已经证明，科学的进步多取决于天才的幻想和不懈努力。科学进步了，人民才会过上好日子。可是今天的战争，毁掉了科学，毁掉了人民的梦想，日本人民将会被一个不剩地当作炮灰，却还是避免不了失败的结局。"

1947年，日本侦探作家俱乐部成立，乱步被推举为主席。俱乐部在1963年改组为日本推理作家协会，至今仍是日本最权威的推理作家机构。1954年，乱步在六十大寿之际，个人出资100万日元，设立"江户川乱步奖"，用以激励年轻作家。在之后的半个多世纪里，以东野圭吾为代表的一大批优秀的日本推理文学作家通过这个奖项脱颖而出，他们的成绩也使得"江户川乱步奖"成为日本推理文坛最权威的大奖。

1961年，为表彰乱步在推理文学界的杰出贡献，日本政府为其颁发"紫绶褒勋章"（授予学术、艺术、运动领域中贡献卓著的人）。1965年，乱步突发脑出血去世，获赠正五位勋三等瑞宝章。为纪念乱步，名张市建有"江户川乱步纪念碑"与"江户川乱步纪念馆"，丰岛区设有"江户川乱步文学馆"，供日本与世界的爱好者与学者瞻仰和研究。

《江户川乱步全集》作为乱步作品之集大成者，先后出版了多个版本，加印数十次，总印数超过一亿册，迄今已有英、法、德、俄、中五大语种版本问世。衷心希望诸位读者能够通过这一版的中文译本，回望日本推理文学的滥觞，领略一代文学大家的风采。

是为序。

2021年元旦于上海虹桥东华美寓所

目　录

不期而遇 / 001

神秘尾巴 / 006

透明怪物 / 010

无形格斗 / 016

新闻记者 / 022

模特怪人 / 027

一场虚惊 / 034

大闹别墅 / 038

书面通知 / 044

安然无恙 / 053

不翼而飞 / 060

跟踪怪人 / 069

深入贼窝 / 076

怪异睡衣 / 083

身陷囹圄 / 087

透明变术 / 092

透明少年 / 098

BD团徽 / 102

大友声音 / 108

寻找大友 / 114

无影无踪 / 120

恫吓明智 / 126

秘密房间 / 129

明智遇险 / 133

异想天开 / 140

威胁广告 / 145

紧急通知 / 150

保卫文代 / 156

文代失踪 / 162

黑线追踪 / 168

建筑废墟 / 173

首领落网 / 177

审讯首领 / 182

三个明智 / 188

案件背后 / 195

浏览奇术 / 200

真正罪犯 / 210

江户川乱步年谱 / 217

译后记 / 231

不期而遇

俩少年如此倒霉，还是有生以来第一次。

初春的一个星期日，小学六年级学生岛田和木下去老师家玩。老师给他们讲了许多有趣的故事，乐得他俩前仰后合地笑个不停。傍晚了，他俩才依依不舍地告别老师，手拉着手回家。就在回家途中，他们遇到一桩倒霉的事情。

"咦？奇怪！这条街我从来没有走过。"

岛田不可思议地环视周围，对木下说道。

"还真像你说的那样，我也从来没有走过，太冷清了！"

木下一脸惊奇的表情，前后左右地扫视着这条没有行人的街道。

傍晚暗淡的光线里，这条从来没有走过的凄凉街道，在俩少年的眼前晃来晃去。虽然道路两侧的水果店、肉店鳞次栉比，可这么多的商店里居然没有一个客人光顾，犹如人类突然从世界上消失，只有这些店铺被遗弃在地球上，寂寞地陪伴着这条看不到行人的街道。

"奇怪！"

俩少年一边琢磨着，一边不停地走着。突然，一家装饰豪华的古董店映入眼帘。宽大的落地橱窗里，陈列着许多古老的佛像和精美的陶器。俩少年被深深吸引住了，驻足欣赏起来。

"我爸爸非常喜欢这样的佛像。他和我一起逛街的时候，只要遇上古董店便会停下脚步观赏，常常流连忘返。可我讨厌这种老古董，总觉得笼罩着恐怖的氛围。"

岛田道出心里话，木下也随声附和："是呵，我也觉得可怕。像博物馆的佛像陈列室里，佛像们一个个栩栩如生地站在那里，要多可怕就有多可怕。可黑不溜秋的佛像都是国宝，我实在想不通。"

"是的。木下，你瞧那个陈列在正中央的黑色金属佛像，犹如印度人的脸。"

"说到佛像，大多是印度人的脸。佛教嘛，是从印度起源的。"

俩少年一边相互议论，一边慢悠悠地来到橱窗的侧面。有一些佛像必须从侧面才能看清。

忽然，俩少年发现他们刚才站立的地方，有一位身穿西装的绅士。呢帽的帽檐与眉毛一般齐，竖起的衣领遮挡住了下巴。绅士目不转睛地注视着橱窗里的一尊佛像。那是黑色的小金属佛像，高度仅十五厘米左右，被摆在橱窗的正中央台座上。

木下盯着绅士的脸看了一会儿，突然，吃惊地捣了一下岛田的肚子。

岛田惊奇地抬起头。这时，木下两颗圆滚滚的眼珠子就像快要蹦出眼眶似的，他被绅士那张怪异的脸深深吸引住了。

岛田此刻的视线也集中在绅士的脸上。他和木下一样两只眼瞪得像杏核，满脸惊呆的神色。

　　究竟是什么原因让他俩如此吃惊？因为绅士的那张脸，不是人的脸。

　　俩少年一开始还以为绅士戴的是假面具。可如果假面具戴在脸上，耳朵上应该系着带子。俩少年从绅士的左耳朵观察到右耳朵，没有发现固定假面具的带子。并且，面具与脸之间没有分界线。难道这是一种特殊的假面具？

　　绅士的脸，酷似橱窗里的模特脸，但有点像蜡制的，光溜溜的，有着雪白晶莹的肤色。高高的鼻子，整洁的胡须……总之，这是一张典型的欧洲美男子的脸。可怎么看也不像活人的脸。眉毛、眼睛和嘴巴，无论从哪个角度看，都是一动不动的，似乎支配它们的神经和肌肉已经僵硬。绅士脸上有眼眶，但没有眼珠，黑乎乎的。

　　绅士凝视着小佛像，丝毫没有察觉到橱窗侧面站着两个可爱的少年。

　　岛田和木下想从这位可怕的绅士旁边逃之夭

天。可不管他们怎么使劲，支撑身体的两条腿却没有任何反应。此刻的他们，就像两座被粘在橱窗侧面的人物雕像。也许一旦暴露出逃跑的迹象，蜡像绅士可能朝他俩猛扑过来，像老鹰抓小鸡似的抓住他们。

短短的五分钟，俩少年仿佛觉得在黑暗里度过了很长一段时间。片刻后，那位蜡像绅士终于离开了橱窗前。他手持多竹节的拐棍，步伐与机器人相似，走路时发出咯噔咯噔的响声。

俩少年面面相觑，到底是朝相反的方向逃走，还是跟在蜡像绅士背后看个究竟？

最终，好奇心占了上风。他们决定抛开恐惧心理，跟踪蜡像绅士直到摸清他的底细为止。于是，他俩弯着腰，踮起脚尖，沿着屋檐下行走，开始跟踪这个怪异的蜡像绅士。

神秘尾巴

　　傍晚的街道被白茫茫的烟雾笼罩着，一个行人也没有，寂静得出奇。俩少年稍不留神，蜡像绅士就会消失在烟雾里。

　　蜡像绅士一路上转了好几个弯。俩少年渐渐觉得脚下的路越来越陌生。

　　不知不觉地，他们从商业街来到了住宅区。住宅区两侧，是一长溜的混凝土围墙。这时候，俩少年由于没有了遮挡物，完全暴露在大街上。可为了不让蜡像绅士察觉身后有人跟踪，他们不得不像螃蟹似的贴着墙面行走。

走着走着，俩少年又担心起来。蜡像绅士万一转过脸来，他们连躲避的地方都没有。尤其是那对黑乎乎、没有眼珠的眼睛，更令他们感到害怕。

于是，他们一边跟踪一边暗暗祈祷：蜡像绅士，请千万别转过脸来。也许是祷告显灵了，蜡像绅士没有回头的迹象，始终迈着机器人般坚挺的步伐朝前走着。

混凝土围墙到了头，接着是篱笆围墙。篱笆围墙可以遮蔽身体，但周围的荒凉感越来越明显。

就在这时，突然又出现一个奇怪的现象。尾随跟踪的队伍里，又增加了一个成员，可俩少年一点也没有察觉。距离他们身后不到二十米的地方，出现一个蹑手蹑脚的跟踪者。

虽说也是绅士模样，可不是蜡像。他的年龄在三十五六岁，一身新闻记者的打扮，看上去十分机警、敏捷。

这条"尾巴"到底是跟踪俩少年？还是跟踪蜡像绅士？一时难以判断。不过，这个跟踪者的脸上神情泰然，没有一丝紧张的神色。刚才，他的脸上还挂着笑容。不过，那种笑容让人感到奇怪，与阴险狡诈的笑有些相似。

不一会儿，篱笆围墙也到了尽头，不知不觉走到一大片冷清的空旷地。那一带路面长满了野草，还堆有石头和旧砖头，其中还夹杂着许多垃圾，又脏又乱。

蜡像绅士进入这片荒凉的空地上，继续朝前走着。周围的光线越来越暗。他们如果继续保持原来的跟踪距离，有可能被对方甩掉。于是，俩少年孤注一掷，将跟踪距离缩短到十米左右。为了不让对方发觉，他们果断地趴在地上跟踪。这时候，走在最后的新闻记者的脸上堆满了微笑，他也缩短与少年之间的距离，继续跟踪。

穿过堆有石块、砖块和各种垃圾的空地，前方高高地耸立着一幢呈阶梯形状的建筑。这幢建筑有二三层楼那么高，砖墙已经千疮百孔，呈锯齿形。蜡像绅士咯噔咯噔地朝建筑废墟走去。

那里也许是蜡像绅士的居住地。现在只剩下三面墙，被损坏的一面砖墙是建筑废墟的出入口。蜡像绅士从这个破口朝里走去，瞬间烟消云散般地消失了。

俩少年见"目标"突然消失，愣了一下，不知如何是好。转而一想，还是迅速离开这里吧。可木下往回刚走了几步，好奇心又驱使他停下脚步。他抓住岛田的胳膊轻声地说："走，进去看一下！"

被木下这么一说，本打算逃离的岛田只得顺水推舟，重新鼓起勇气。"好吧，咱们进去看一下！"

透明怪物

　　俩少年匍匐着穿过满是砖石碎块的地面，好不容易爬到蜡像绅士消失的地方。

　　岛田隐蔽在砖墙的右侧，木下隐蔽在砖墙的左侧。顺着砖墙的间隙，他们瞪大眼睛观察里面的情况。这时候，蜡像绅士正站在砖墙前面，距离他俩仅十米左右，脸朝着他们。奇怪的是，身上的大衣已经脱去，只剩下白色衬衫和裤子。

　　衬衫上的纽扣正在挨个被解开。当最下边一粒纽扣被解开时，白色衬衫瞬间飘浮起来，随即掉落到地上。

俩少年见到这一情景，吃惊的程度可想而知。他俩恐惧得连大喊大叫都没来得及，浑身上下的肌肉再次僵硬起来，到处是鼓起的鸡皮疙瘩，犹如两尊少年雕塑，不再动弹。

蜡像绅士，原来是怪物。不，比怪物还要可怕！当衬衫飘落到地面后，身上剩下的是什么呢？只要有东西存在，即便再可怕也不至于魂飞魄散。可事实恰恰相反，衬衫里面什么也没有！连光着膀子的身体也不见了。

唯有蜡像绅士的脸还在，头上的帽子也在。可脸下面的脖子、胸部、肩膀和两只手，都已经不知去向。从腰部往下，穿着裤子的两条腿还留在原地。出现在脸和裤子之间的是破砖墙，也就是说，蜡像绅士与身后的砖墙连成了一体。

俩少年仿佛来到了一个陌生世界，惊恐万状。他俩使劲揉了一下自己的眼睛，怀疑自己在梦里。

这时候，更恐怖的现象出现了。

蜡像绅士的帽子，被看不见的手摘下扔在地上。接着，蜡像绅士的脸向上升起七十厘米左右，可两条腿却仍然站在原地。紧接着，蜡脸忽左忽右地摇晃起来，瞬间飘落到地上。这时候的蜡像绅士，只剩下腰以下部分，上半身已经无影无踪。

不仅如此，那双看不见的手并没有就此罢休，开始解腰间的皮带。随即裤子拉链被拉开，裤子迅速下滑到地面，瞬间也消失殆尽。

地上只留下两只皮鞋。奇怪的是，没有腿的皮鞋却能自由自在地行动，还发出咯噔咯噔的响声。刹那间，两只皮鞋向上飘浮，在空中迈起了舞步。片刻，两只皮鞋同时掉到地上不再动弹。这两只皮鞋，好像被一双看不见的手扔到了地上。

此时此刻的蜡像绅士应该是一丝不挂的裸体，但人的肉眼无法看见。接着，裸体蜡像绅士似乎化成空气消失了。

这时候又发生了不可思议的现象。那些横七竖八躺在地上的蜡脸、帽子、衬衫、裤子、皮鞋、袜子以及竹拐棍等，居然像被注入生命那样各自晃动起来。紧接着，那件披风将它们裹在一起，像包袱一样晃动。

包袱呼地浮起来，沿着砖墙朝右侧飘去。砖墙尽头有一个可供人出入的洞口，包袱陡然间消失在洞里。

刚一消失，洞口外侧又传出响声，好像是被什么东西撞击后发出的巨响。

接着周围一片寂静，持续了很长一段时间。猛然间，砖墙洞口出现一双皮鞋，上面出现笔直的长裤。片刻，那里出现了一个身穿西装的男子。

俩少年蒙了，还以为他就是刚才看见的那个蜡像绅士，吓得赶紧用双手捂住眼睛。其实，他不是蜡像绅士，而是一直尾随他们身后来到这里的第三跟踪者。

"嗨！没想到他溜走了。这家伙的力气实在太大……不过，我已经看清楚那家伙的真面目了。下一回要是再遇上，我一定把他逮个正着。"

记者自言自语，转过脸朝着隐藏在砖墙背后的俩少年大声嚷道："你们别再躲了！快出来！那家伙已经逃走了！"

被他这么一嚷，俩少年打算站起来离开，无奈由于受到惊吓，手脚变得僵硬不听使唤，任凭他们使出全身力气也迈不开脚步。俩少年张开嘴巴想说话，却发不出声音。也许是蜡像绅士刚才不可思议的变化，吓得他俩魂飞魄散。

"哈哈哈……瞧你俩面如土色，一定是吓得不轻吧？现在你们用不着担心了，那家伙不会再来了。快打起精神到我这里来！我可不是什么怪物，我和你俩都是一样的人，不是刚才那个有可能吞掉你们的怪物。哈哈哈……"

在记者这番幽默的鼓动下，俩少年终于恢复元气，慢慢吞吞地从砖墙后面爬出，拂去身上的尘土，战战兢兢地走到记者跟前。

"你们是跟踪到这里来的吧？我真佩服你们的勇气。其实，我是跟在你们身后到这里来的。我埋伏在洞口旁边，打算抓住那奇怪的家伙。可那家伙是一个隐形怪物，结果还是被他逃走了。"

说完，记者又哈哈大笑起来。他那爽朗的笑声让人想起古时候专门对付妖怪的勇士。

"叔叔，那到底是什么怪物呀？"

木下一脸苍白的表情，眼睛溜圆。

"叔叔也不清楚，多半是怪物吧！最近，闹得整个东京鸡犬不宁的家伙，可能就是这个怪物。"

"什么？闹得整个东京不得安宁？"

"你们大概还不知道吧？这家伙最近经常出现在东京的大街小巷，寻衅滋事，兴风作浪。这家伙不光搞恶作剧，据说还是一个大盗呢！"

接着，记者把关于怪物的详细情况，一五一十地说了一遍。

这个空气般的怪物究竟从哪里来？是人还是我们人类尚不清楚的生物？莫非是从遥远的外星球世界来到地球上的生物？

无形格斗

记者继续说道：“你们还没有听说过关于怪物的介绍，我因为是新闻记者，所以知道得非常详细。我是东京新闻报社的记者，一直在跟踪他。可这个家伙是我们人类肉眼无法看见的怪物，每一次都被他巧妙地溜走了。”

“真不可思议！那家伙像空气那样透明，也许是人吧？”

“当然是人，还是大盗呢。”

新闻记者说到这里稍稍思索一下，接着比较一下两个人脸上的表情，继续往下说：“你俩的家就在附近吧！趁现在还没有到吃晚饭的时候，我请你们到附近的咖啡馆去，一边喝咖啡一边再详细地跟你们说说。你俩敢于跟踪这个可怕的透明怪人，我就给你们讲讲吧。"

俩少年举双手赞成。于是，跟记者一起朝大街上走去。在一家不大的咖啡馆里，记者让服务员端来三杯咖啡和三块蛋糕，继续刚才的话题："我第一次遇上那透明怪人的时候，是十天前的一个傍晚。那天，我在银座大街上行走，突然间被一个柔软的东西猛撞了一下。顿时，身子东倒西歪的，差点摔倒在地。

"我大声喝道：'喂，你干什么？小心点！'可仔细一看，周围没有行人。但确实是一个柔软的物体撞我，多半是人的身体。我竟然看不见撞到我的人。这时候，只听我身后的两个女行人也啊地叫了一声，好像也被什么东西猛推一下。然而她俩的身边并没有撞她们的人。我觉得奇怪，停住脚步继续观察。两个女行人的身后有一个年轻人，他好像也被撞了，嘴里大声训斥着，可他的身边，也没有撞他的人。他瞪大眼睛，不可思议地扫视周围。

　　"'哎，真让人担惊受怕的！这到底是怎么回事？'两个受惊的女行人，脸色苍白，眼里充满恐惧的神色。

　　"'确实是被人撞的，可就是看不见肇事者在哪里。真奇怪！'年轻人也停住脚步，不服气地四处搜寻。

　　"这时候，许多行人都先后被撞得摇摇晃晃，可就是找不着那个用肉眼看不见的肇事者，只得停住脚步相互诉说'奇怪！''奇怪！'谁也不知道天底下竟然发生这种令人难以置信的事情。大家议论纷纷，诉说自己被撞的感觉。于是，行人们相互道别，怏怏而归。

　　"我突然想起《隐形人》这部著名小说，作者是英国的威尔斯。小说描绘了一个伟大的学者，发明了一种可以使人变得透明的药物。人只要吞下那种神奇药物，就可以变成肉眼看不见的透明人。于是我想到刚才撞我们行人的那个家伙，莫非就是透明人。想到这里，我觉得从头到脚像被浇了一盆凉水似的，浑身起了一层鸡皮疙瘩。

"《隐形人》里那种能使人变透明的药物，纯粹是科学家的一种幻想。在现实生活里，不可能有透明人的存在。我打消自己的突发奇想，离开银座大街回家了。可两三天后，我又遇上一件不可思议的事情。被我打消的突发奇想又重新浮现在脑海里。东京，肯定存在透明人。

"你们大概知道，在有乐町的轻轨桥梁下面，有许多擦皮鞋的人。有一个十三四岁的擦皮鞋少年，与其他擦皮鞋的人们相距好几米，独自一人为顾客擦皮鞋。那天傍晚，我站在附近的街角等人。由于朋友还没有到，我便望着那个擦皮鞋的少年。少年那里来了一个要擦皮鞋的青年，长相可怕，流里流气。少年埋着头很卖力地擦着鞋，把青年的皮鞋擦得光泽四溢。擦完后，只见青年把手伸入口袋好像在说'我没带零钱，请准备找头'。少年打开跟前的纸板箱盖，开始准备零钱。纸板箱里，有许多张一千日元的纸币和几十枚一百日元的硬币。青年用余光瞟了许久，猛地把手伸过去，一把将少年的钱塞入自己口袋里，接着，把空纸板箱扔在地上欲溜之大吉。少年哭丧着脸抱住青年腰部，可青年身强力壮，少年哪是他的对手。瞬间，少年被推倒在地。

"就在这时，不可思议的现象发生了。那个抢钱的青年好像被什么东西猛撞了一下，身体摇晃起来，嘴里发出啊的惊叫声。接着，他脸涨得通红通红的，又是挥手又是踢脚，好像在跟什么人摔跤。虽看不见他的身边有什么对手，然而格斗的场面却非常激烈。

"我原以为青年大概是精神病患者。因为他嘴里不停地吼骂，身体左躲右闪，前扑后仰。旁边的行人们开始驻足观望，起初是两三个，后来围观的人越来越多。大家满脸惊愕，弄不清到底是怎么回事。可人群里，只有驻足观看的，没有上前劝架的。终于胜负决出，青年被扔在地上，一脸尴尬的表情。

"'究竟被谁扔在地上了？'有人问。

"'是一个看不见的家伙，一个像空气一样的家伙。'青年不好意思地回答。大家明白了。刚才，青年与透明人进行了一番激烈格斗，结果惨败。青年被打得身体不能动弹，可裤子口袋在不停蠕动。少顷，被青年塞在口袋里的纸币全部飞了出来，随即飞向擦皮鞋少年跟前的纸板箱里。紧接着，纸板箱开始独自晃动，飞到少年旁边。

"当时，我确实目睹了那奇怪的经过。并且看见那个透明人的身体，犹如烟雾在空气中跳跃。他从青年口袋里取出大把的纸币和硬币，放回擦皮鞋少年的纸板箱里。把青年摔在地上的，当然也是他。

"'太伟大了！空气人。'我无限感慨，透明人应该被称作伟大的空气人。尽管空气人是世人痛恨的大盗，可他救助擦皮鞋少年，惩罚抢钱青年，做了一件大快人心的好事，让周围的行人感到震惊。"

新闻记者

"像这样不可思议的事件，在东京街头屡屡发生，于是，变成市民们街谈巷议的主要话题。

"透明人大闹东京的传闻，很快飞入警方耳朵，报社也接到许多目击者报料。可警方和报社不清楚透明怪人究竟是怎么回事，似乎是捕风捉影，难以插手。

"可昨天晚上，透明人终于露出大盗的丑恶面目，盗走价值一百万日元的首饰。你俩应该知道银座大街上有一家大宝宝石商店吧？那是一家闻名日本的宝石店。就在昨天晚上商店关门的时候，店里的高级玻璃橱门突然自动打开。

"陈列橱里价值最高的宝石首饰，被一只看不见的手一把抓住。随即，宝石首饰在空中游荡。当时，店堂经理在办公室里，两个营业员为关闭卷帘门站在店堂门外。店里只留下一个年轻的营业员，他无意中发现首饰在空中游荡，便啊地惊叫一声，呆呆地站在原地发愣。

"起初，营业员还以为天花板上垂着一根透明细绳系在首饰上。可仔细观察好一阵子，白色的天花板上什么也没有。

"怎么回事？难道首饰被注入灵魂能够独立行动？想到这里，营业员顿感浑身笼罩着恐怖。可他还是鼓起勇气把手伸向首饰，而首饰仿佛瞬间变成会跳跃的鲤鱼，嗖地溜走了，跟营业员捉迷藏。

"首饰在空中飘荡片刻，渐渐地靠近门口。忽然，嗖地飞到店堂外面的大街上。年轻营业员大声呼喊，拼命追上去。正在店门口忙着拉卷帘门的营业员见状，也大喊大叫地追上去。在小公室的店堂经理听到叫嚷声，飞一般冲出店门。行人们纷纷停住脚步围了上来，可首饰早已不知去向。就这样，价值百万日元的宝石远走高飞了。

"店堂经理立即报告警方，警方派一名警部赶到现场。听完目击者的介绍，警部感到不可思议。尤其是现场没有留下任何可供侦查的线索，既然盗贼来无影去无踪，警部认定是透明怪人所为。

"第二天早晨，这起奇案进入新闻记者的采访视线。虽晨报来不及刊登，可大街小巷都在传说。说什么'《东京新闻晚报》有重大新闻，别忘了买一份饱饱眼福'，还有的新闻标题是《前所未有的奇案，系透明怪人所为》。

"在咱们东京新闻报社，负责报道这起案件的是我。为写好这篇报道，我清晨就离开家满街寻找，想方设法找到透明人，以了解他的本来面目。

"我到处寻找到处打听。功夫不负有心人，终于找到了那个戴蜡制假面具的家伙。当时，我不认为他就是透明人。其实，在你俩发现他之前我已经盯上他了。

"那家伙走到那家古董店沿街橱窗前不走了，长时间地注视着橱窗中央的那尊小佛像。这时候，我才觉得这家伙可疑。那个蜡制假面具背后的家伙，莫非是透明人？这家伙倘若真是透明人，小佛像的前景可能不妙。那家伙也许脱去西装，变成透明人潜入橱窗盗走小佛像。

"趁你们跟踪蜡像绅士离开宝石店，我走进那家古董商店，希望店主尽快将小佛像转移到安全场所。你们可能不清楚，小佛像是'推古佛'，价值远远超出百万日元的首饰。

"终于，我摸清了他的底细。刚才，我看到透明人的烟雾模样，看到他脱去西装套装，摘下假面具。并且，蜡脸面具的背后什么也没有。

"目击者不只是我一个，还有你们两个。也就是说，咱们三双眼睛目睹了透明人在消失前的模样。

"说句心里话，这篇报道一定能吸引广大读者。明天晨报的社会版面上，将整版篇幅报道刚才的情况。今天晚上，我们报社将派摄影记者给你们俩照一张相。明天的晨报上，还要报道你们勇敢跟踪透明人的号外新闻。我们三个人凑巧碰在一起，真是太有缘了，基本弄清了透明人是怎么回事。好，时间不早了，我该向你俩告别了。你们赶快回家吧，以免家人担心。还有一件事要拜托你们俩，如果再次遇上透明人，别忘了跟踪哟！一旦弄清楚他的去向，赶紧打电话告诉我。这是我的名片，上面有我的电话号码。"

模特怪人

　　新闻记者递给俩少年的名片上，印有"《东京新闻报》社会部记者黑川胜一"。黑川记者与他们道别时，详细打听了两位少年的姓名和家庭地址。

　　第二天的《东京新闻晨报》上，正如黑川记者说的那样，关于昨晚跟踪透明人的报道占据社会版面的四分之三，非常醒目。报道旁边，还配有岛田和木下的放大照片。同时，还有从古董店一直到建筑废墟的路线示意图。在建筑废墟的砖墙里，透明人先后摘下面具和脱下衣服的过程也被报道得非常详细。

那天，整个东京沸腾了。无论去哪里，只要有两三个以上的人凑在一起，便会自然而然地谈论透明人。像这种科学无法解释的话题，遍布大街小巷。那个肉眼看不见的透明人究竟在东京的什么地方？那家伙跟空气一样，人类的肉眼根本看不见。因此，在大街上行走时绝对不能放松警惕。也许人们聚在一起谈论的时候，透明人突然出现在大家的身边，不动声色地倾听大家对他的议论。

东京所有宝石商店里的陈列橱以及沿街落地橱窗全部上锁了。工艺品商店和古董商店沿街橱窗里那些价值昂贵的商品，都被店主藏了起来。

最棘手的当数银行，工作人员不知道透明人什么时候进入银行。放在桌上的一沓沓纸币，也不知何时突然被透明人卷走。一千张一千日元的纸币，透明人单手就可以取走。假若透明人双手捧纸币，可以一下拿走千万日元。

在那则新闻报道后的一个星期里，银行、宝石店、古董店和工艺品店里却没有发生任何异常情况。于是，社会上又开始出现"新闻报道撒谎"的流言蜚语。有人说，现实生活中不可能有透明人。有人说，新闻记者和俩少年一定是上了别人的当，子虚乌有。还有人说，《东京新闻报》为提高销量，哗众取宠，编造事实。

而事实与人的猜测相反。这一回，透明人真的出现在出人意料的场所。

那天正巧是星期日，木下跟着妈妈去日本桥的大型百货商店购物。妈妈打算买布料为木下做西装，可木下对西装不感兴趣，把妈妈拽到书籍柜台为他买书。

由于大清早出门，母子俩到达时商店刚开始营业。大商场里顾客稀少，乘电梯用不着排队。他们乘电梯来到三楼商场，先去西装布料柜台。

三楼商场有各种各样的布料，像瀑布似的挂在陈列架上。五颜六色，宛如舞台布景。面料旁边，排列着许多身着各种颜色西装的模特。这些模特高鼻子、大眼睛，欧洲人打扮，有大人，有少年，有男有女。其中有许多是肤色白里带黄的日本人。

模特周围有五六位顾客在指指点点，评头论

足。木下和妈妈一边望着模特身上的西装布料与颜色，一边慢慢地走着。

木下对西装不感兴趣，抬起脸盯着模特看。忽然，他愣了一下。发觉这些模特中间有一张与众不同的脸。周围是肤色白里带黄的日本人的脸，唯独那张脸是雪白略带点红，是一张典型的欧洲人的脸。这张脸与其他脸不同，酷似透明蜡制成的。

木下不由得停住脚步，目不转睛地注视着那张脸。那个模特身着燕尾服，款式新颖别致。尽管服装不同，可那张脸酷似那天傍晚在古董店橱窗前窥视小佛像的脸。

木下被深深吸引住了，眼珠瞪得圆圆的，简直快要蹦出眼眶。

身着西装的营业员从木下身边经过，木下像遇上救星似的，一把抓住营业员的袖子。营业员停下脚步看了看他，顺着他的视线朝模特的脸上望去。

"叔叔，那是欧洲模特吧？可为什么没有眼珠，只有两个黑洞似的眼眶？"

木下轻声问道。营业员一瞥见那个模特，不由得轻轻叫唤起来。他还是第一次见到像这样没有眼珠的模特，商店里从来没有使用过蜡制模特。

营业员打了一下手势，招呼站在对面柜台的同事，两个人窃窃私语了一阵。其中一个营业员打算到模特跟前一探究竟。可不知怎么的，他的腿脚猛然间不听使唤了，似乎自己也变成呆若木鸡的模特。瞧！那个模特竟然像人那样动了起来。

随着啊的一声惊叫，接连响起咣当的响声，左右两旁的女模特倒在地上。那个蜡制模特则奔跑起来，把周围的模特纷纷撞倒在地。

蜡制模特一个箭步从陈列架跳到地上，燕尾服的后下摆迎风飞舞，犹如飞翔的燕子，从木下跟前经过，飞一般奔跑。站在模特前面的几位顾客顿时惊叫，浑身僵硬得像石雕。刚才被惊呆的营业员犹如从梦中惊醒，嘴里大声嚷嚷着，迈开大步追了上去。

怪物沿着走廊忽左忽右地转弯，飞快地奔跑着，谁也不敢上前拦他，大家一看见那张令人胆怯的蜡脸纷纷朝四处散去。

怪物跑到营业员专用的楼梯那里消失了。追赶的营业员人数猛增到七八个，在狭小的楼梯里边喊边追。

从二楼到地下一层的楼梯上，怪物像滑雪似的奔跑。接着，怪物沿着走廊朝仓库飞奔而去。仓库门朝着走廊，怪物除打开仓库门逃窜，别无他路。他的背后是营业员组成的追兵队伍。怪物猛地推门闯入仓库。

"好极了！怪物成了瓮中之鳖，快追！"

冲在最前面的营业员大声喊叫。他在追兵中间跑得最快，力量也是最大的。他飞奔到仓库门前，吭当一声将门关上，随后使出全身力气拽住房门。

"怪物逃不走啦！仓库就这一个出入口，仓库的窗外侧全都装有铁栅栏防盗窗。那家伙已经走投无路了，快！快去打110报警电话。"

"好，我去打110报警，别让他跑了！"

有个营业员大声说道，随即离开仓库门口。其余追兵全都聚集在门口，组成人墙。

蜡脸怪物闯入全封闭的仓库，成了瓮中之鳖。无论他有多么高明的隐身术，不可能变成苍蝇从防盗窗的铁栅栏间隙里逃走。他毕竟不是幽灵，尽管肉眼看不见他，可身体是客观存在的。

一场虚惊

片刻，报警的营业员带了三名身着西装的警员来了。当时，他们正巧经过百货商店门口。

三名警员从营业员人群中穿过，走到房门跟前，接着，摆开冲锋架势猛地推开房门。

这时候，仓库里出现了更令人惊叹的场景。

说是仓库，里面存放的商品已全部搬到店堂货架上去了，屋里空荡荡的。墙角那里放有两三个大包装箱，此外什么也没有。墙面是混凝土，地面也是混凝土。光线来自窗外，从防盗窗的铁栅栏间隙射入。由于窗户又高又小，尽管还是早晨，可仓库内却如傍晚般昏暗。

首先映入警员眼帘的，是一颗在空中飞来飞去的脑袋。猛然间，脑袋在地上晃来晃去的。

警员被突如其来的现象吓一跳，上前仔细一看，发现滚落在地上的不是真正的人脸，而是蜡脸。蜡脸周围有燕尾服、衬衫、裤子和皮鞋等。可透明怪物呢？警员在仓库里东找西寻就是见不着他。脱去衣物的透明人体，人们的肉眼是根本看不见的。当人们闯入仓库的时候，怪物已经脱完了身上的全部衣服。

虽说肉眼无法见到透明人，但手应该能摸到他的透明身体。于是，警员们晃动六只大手，从左侧、右侧、中间三个方向朝透明人包抄过去。仓库内的所有空间，几乎都被警员的大手触到了。可遗憾的是，只有透明人能看清楚警员，他与警员玩起了捉迷藏游戏，时而出现在警员们的包围圈里，时而溜出警员们的包围圈。

这时候，从仓库门外传来啊的喊叫声。警员们吃惊地转过脸朝那里望去，发现一名年轻营业员仰面倒在地上。

"是那个家伙！我被那个家伙推倒在地上。"

倒地的年轻营业员，脸色苍白，手指着后面的楼梯。怪物朝楼梯那里逃走了。

人们转过身打算去楼梯那里，这时候又传来哇的叫喊声。只见昏暗的楼梯那里又有一名男子倒在地上，他与一个看不见的人在楼梯上相撞，被力大无比的对方推倒在地。倒地男子是批发公司的送货员，正在搬运货物。

"简直像一股巨大的旋风！我沿着楼梯朝下走的时候，从下面猛地刮来一股旋风朝我的胸口扑来。我毫无思想准备，踩空一步台阶便沿着楼梯滚了下来。"那个搬运货物的送货员大声解释。

就这样，透明怪人溜之大吉。

好在透明怪人仅仅是大闹百货商店而已，没有盗走宝石柜台里的贵重商品。不用说，透明怪人化装成模特的目的是盗窃宝石。没想到被木下一眼识破，没有达到目的。

百货商店的一场虚惊，以透明怪人逃走而告

终。透明怪人肯定藏在东京的某个地方，并且已经瞄准下一个目标。下一个目标究竟是什么猎物？

不可思议的是，猎物居然是岛田家珍藏的宝物。岛田是第一个发现透明怪人的少年。

也许透明怪人是瞄准了岛田家的猎物，而故意出现在他的面前。

大闹别墅

透明怪人大闹百货商店事件发生后的第三天傍晚，岛田在自己家的院子里散步。天空阴沉沉的，说是早春，空气却异常的闷，让人觉得浑身不舒服。

岛田的爸爸曾经是一个大富翁，虽说现在只是某银行的普通职员，可居住的却是超豪华型高级别墅。不仅房间多面积大，院子也非常宽敞，还有茂密的树林和干净的游泳池。面朝院子的日式客厅前面，是一大片绿色草坪，中间有好几座假山。

岛田来到别墅后院里的鸡窝，与一群鸡玩起了追逃游戏。玩厌了，岛田慢悠悠地朝别墅前院的绿草坪走去。窗户紧闭的日式客厅里空荡荡的，连一个人影也没有。

他沿着别墅拐角转弯，走到草坪上打算坐下。突然，岛田瞠目结舌地站着不动了。原来，草坪上出现了奇怪的现象。

岛田喜欢溜冰，溜冰鞋一直放在客厅与院子之间的走廊上。最近已经很长时间没有使用了，眼下那双溜冰鞋不知为何被移到了草坪中央。不仅如此，好像还有人在穿着它溜冰。

岛田以为是幻觉，用手掌使劲拍了一下自己的后脑勺。哎哟，好疼！方知自己不是在梦中。

顿时，岛田觉得脊背上仿佛被泼了一盆冰凉的水，冷得直打哆嗦。他想起前不久亲眼见到过的透明怪人，不由得紧张起来。那家伙穿溜冰鞋滑行，多半是这般模样。

由于在草坪上溜冰，不可能像冰面那么顺滑。尽管那样，他还是越溜越远，一直溜到假山旁边的八角金盘跟前。

"妈……妈，快来！快来救我……"

岛田憋了好久的叫喊声终于冲出喉咙。

可就在这时候，溜冰鞋嗖地钻入八角金盘背后黑压压的树林里。紧接着，树林里传出哗啦哗啦的响声，仿佛有人在使劲摇晃树枝。八角金盘后面是大大小小的常绿树，枝繁叶茂，郁郁葱葱。由于密不透风的树叶遮住阳光，树林里整日没有光线，黑漆漆的。

妈妈听到岛田的喊叫声，急忙带上用人竹内赶来救助。当时，爸爸下班还没有到家。

院子里热闹起来，妈妈又是把邻居家的叔叔喊来，又是把警务站的警员喊来，让他们搜索院子。可忙了一阵子，什么可疑的线索也没有获得，只是那双溜冰鞋，被扔在树林里。透明怪人脱下溜冰鞋，翻越假山后面的围墙逃走了。

尽管如此，可透明怪人为什么要穿上溜冰鞋在草坪上玩耍呢？并且，别墅里也没有被盗走任何东西。也许就像曾经救助擦皮鞋的少年那样，透明怪人有时候也做一点好事？

当然，有时候也会是恶作剧。可他潜入岛田别墅的院子在草坪上溜冰，似乎是嬉闹玩耍，好像没有什么不良动机。但也不能掉以轻心，也许有什么不可告人的目的？或许曾经被岛田识破真相后怀恨在心伺机报复？

第二天深夜，岛田别墅里又发生一起奇怪事件。岛田的卧室，是一个面积十平方米左右的房间。半夜里，不知从哪里传来奇怪的响声。于是，他睁开了眼睛。卧室有一个窗户，朝着后面的院子，窗外路灯的灯光照射在花纹玻璃上。可此刻的花纹玻璃上，似乎映照出黑乎乎的人影。

那人影距离窗户似乎并不远，上半身比普通人大。奇怪的是，那家伙好像浑身上下没有穿衣物，赤身裸体的。侧着脸，乱蓬蓬的头发，眼睛凹陷，高高的鼻梁，比普通人大许多的嘴唇张得很大。那奇怪的模样非常清晰地映照在花纹玻璃上。虽说整体朦朦胧胧的，可轮廓十分清楚。

看到这里，岛田猛然觉得自己的呼吸停止了，心跳停止了，他想大声喊叫，声音却被堵在喉咙里。眼睛犹如铁钉被磁铁吸住似的，紧盯着窗上的影子。

"哎嘿嘿嘿……"

传来一阵毛骨悚然的笑声。分明是窗上的影子在笑。他的嘴巴呈O型，嘴角咧到耳朵根部。嘴巴上下蠕动，喉咙里发出低沉嘶哑的笑声。

岛田再也忍受不住了，怒火在胸中燃烧，全身涌起一股不怕死的勇气，腾地从床上跳起。

"谁？是谁？"

岛田大声吼叫，接着一个箭步跑到窗前，猛地推开玻璃窗。按理说，那家伙的脸肯定正面朝着岛田，眼睛肯定与岛田的眼睛对视着。岛田正要大喝一声。

咦？这到底是怎么回事？窗外连人影也没有。岛田把脸探出窗外朝左右两侧眺望，也没有见着人影。开窗前，分明有人影映照在花纹玻璃上。可一打开窗户，人影却不翼而飞了。

"岛田一郎，发生什么事啦？"

听到刚才的叫声，爸爸被惊醒了，赶紧起床跑到岛田的卧室里。

"刚才窗外站着一个奇怪的家伙，可我一打开窗户，那个家伙立马无影无踪了。爸爸，也许又是那个家伙？"

只要提到"那个家伙"，岛田的家人全都知道指谁。一听说透明怪人再次出现在院子里，爸爸的脸上露出严肃的表情。

接着，别墅和院子里响起一阵阵嘈杂声。大家纷纷起床，拿着手电筒和棍棒涌入院子搜索。忙活了一个多小时，什么线索也没有发现。院子里的泥土非常干硬，怪物连脚印也没有留下。

有人说，透明怪人像空气那样看不见摸不着。也有人说，透明怪人的影子是半透明的。尽管肉眼看不见他，但那半透明的影子无法彻底消失，看上去似有似无，朦朦胧胧的。

书面通知

第二天，岛田在学校里遇到木下，连忙把昨天夜里发生的事一五一十地说了一遍。

"真是越来越不可思议！那家伙一定是把目标瞄准了你家。"

"大概是戏弄我吧？"

"不，那家伙一开始是瞄准我的。我在百货商店里识破了他，弄得他狼狈逃窜。不，可能也不是这么回事。哦，对了。你家里大概有透明怪人喜欢的东西？"

"嗯，我爸爸好像也这么说过，可爸爸没有告诉我是什么东西。看来，我家里肯定有透明怪人喜欢的东西。"

"一定是这样的。怎么样？我们把这一情况告诉黑川先生。请他帮着出出主意。你忘了吗？就是东京新闻报社的新闻记者黑川先生呀！他或许能替我们想一个好办法。"

"哦，对，对，就那样办。"

于是，岛田和木下把情况告诉老师。征得老师的许可后，打电话与黑川记者联系。在电话里，他俩简明扼要地报告了最近几天发生的情况。

"好，我打算去岛田的家，就是今天傍晚岛田爸爸回家的时候。那时，你再把情况详细地说一遍。"

黑川记者在电话里打听了去岛田家的路线，便挂断电话。

那天傍晚，黑川记者准时来到岛田家。正巧岛田的爸爸回来，赶紧请黑川记者到客厅就座，父子俩把这几起院子里出现的奇怪现象向黑川讲述了一遍。

"哼，这影子果然又出现了！说到影子，我也被戏弄过一回。"

黑川记者愤愤不平。

"这事发生在三天前。那天风和日丽，春意浓浓，我因报社业务，在港区的住宅区行走。街道两侧是一长溜的混凝土围墙，没有行人，十分冷清。已经是傍晚时分了，西斜的阳光映照在右侧的混凝土围墙上。奇怪的是，围墙上出现我走路的影子。

"片刻，我突然发觉我的影子不知怎么变成了两个。我吃惊地环顾四周，可街上除了我没有第二个人。奇怪！明明只有我一个人走路，怎么会有两个影子同时出现？

"难道是散光？视线里的东西重影了？但我的视力一向很好，不可能瞬间变成散光。再说，就是变成散光也只是轻微的，眼睛看到的东西也不可能重叠。

"我仔细比较两个影子，其中一个影子没有戴帽子，没有穿衣服，好像是赤身裸体。准确地说，那不是我的身体。那个影子模模糊糊的，犹如映照在磨砂玻璃上那般。

"我再次扫视周围，还是一个人也没有。静观地面，那影子仿佛在追赶我的影子。我不由得加快脚步，不料影子也加快脚步。我赶紧停下脚步，那家伙也跟着停下脚步。

"我不顾一切地吼叫：'你是谁？'

"'嘿嘿嘿……'那笑声不知从哪里传来，令我恶心，令我魂飞魄散。我再次停下脚步，谁知影子竟绕到我跟前与我面面相觑，接着突然张开双手，扑上来抓住我的影子。不！不但抓住我的影子，还抓住我的身体。可那两只向我伸来的手，我却无法用肉眼看见。

"我十分讨厌那双看不见的手，嗖地躲闪后使出全身力气猛推那个无法用肉眼看见的家伙，随即拼命地逃了起来。我不顾一切地奔跑，连头也不敢回。就这样，我一口气连续跑了二百多米，终于来到一条车水马龙的大街上。直到这时候，我的影子才变成一个。而那个看不见的家伙，不知溜到哪里去了。

"透明人非常憎恨我，可只不过是戏弄我，他身上没带刀枪等凶器。虽说我当时很害怕，但事后觉得蛮有趣的。从岛田接连遇到的情况来看，说不定透明人只是开玩笑而已。"

"最好是那样，但直觉告诉我不是那么回事。"

岛田的爸爸提心吊胆，嗓门压得很低。

"照这么说，你好像有担心的事？"

"是的，不过……确实有一件担心的事。战争期间我们家失去许多东西，战败后家里只剩一件还可以算作宝物的东西。我把它视如生命珍藏着，一直到现在。"

"哦，你是说那家伙是为它戏弄你们家的？那是什么宝物？"

"你知道珍珠宝塔吗？高二十厘米，一共有五层，称五层塔。五层塔表面镶满了世界上最好的珍珠，又称珍珠宝塔。我没有仔细数过，大概有成百上千颗珍珠？这些珍珠都是世界一流的。战败时，珍珠塔值十万日元。按现在的估价，当时的十万日元相当于现在的二千万日元。

"听说那家伙曾经从大宝宝石店盗走价值百万日元的首饰，可我珍藏的传家宝珍珠宝塔，价值是它的二十倍。我想那家伙肯定从什么地方打听到我家有珍珠塔，虎视眈眈，伺机盗窃。"

"你把珍珠宝塔藏在哪里？"

"我家有珍珠宝塔不是秘密，社会上许多人都知道。至于藏在哪里，除我们夫妇外没有第二个人知道。就连我这个宝贝儿子岛田一郎也不知道。"

"是放在家里了吗？"

"是的。由于希望得到你的帮助，我打算向你公开这一秘密。珍珠宝塔被我藏在地下室的保险柜里，地下室在战争期间用作防空。战争结束后，我把它改造成储藏室。"

"你是说防空洞？你不觉得放在那种地方危险吗？"

"不危险。防空洞非常牢固，它的顶面、地面和四周墙面都是混凝土浇筑。战争期间，防空洞有一个通向后院的出入口，后来被我用混凝土堵住了。洞口外侧是泥土，长有杂草。现在，地下室的出入口就一个。

"我书房的地板那里有一个木盖，上面铺着地毯。除我以外谁都不知道木盖在哪里，打开木盖进入地板下面，那里还有厚厚的铁盖。没有我的那把特制钥匙，是无法打开铁盖锁的。铁盖下面是楼梯，楼梯下面是一个面积大约六平方米的混凝土房间。

"保险柜就在房间正中央，上面有特别锁，需要特别钥匙开启。要打开保险柜，除必须知道密码之外还必须有特别钥匙。两者不能缺一，否则打不开保险柜。

"当我意识到珍珠宝塔可能已经被透明怪人盯上，曾打算把它转移到银行保险柜。不用说，请银行保管肯定安全，可我担心去银行的途中发生危险。那家伙是个肉眼看不见的透明人，我可不能有丝毫的麻痹。想来想去，我最后还是决定藏在原来的地方，也就是书房地下室的保险柜里。"

"原来是这么回事，放在这样的地下室里应该很安全的。你书房地面的那块盖板，也许很长时间没有打开过了吧？那家伙，我们虽然看不见他，可他与幽灵不一样，身体是消失不了的。只要出入口有盖板，他再怎么样也是进不去的。不过，那家伙诡计多端，说不定又躲在阴暗处伺机行动实施盗窃？你可一定要提高警惕，千万别放松警惕。"

话音刚落，不知从哪里传来轻微的咣当响声。黑川记者的脸色猛然骤变，起身朝敞开的大门那儿飞奔而去。瞧那迅猛的奔跑动作，犹如发现猎物的猛兽。当他跑到出入口跟前时，房门突然晃动起来。啪！门关上了。

黑川记者见状大骂一声"该死"，随即似乎被人用力推了一掌，踉踉跄跄地朝后退了几步。

这时候，他的眼前出现一张晃晃悠悠正在往下掉落的白纸。黑川记者趁白纸还没落地之前，伸手抓住那张白纸，仔细阅读起来。随即又自言自语地骂完"该死"后返回桌前，把纸放在岛田先生的面前。白纸上的字是用铅笔写的，内容如下：

岛田先生：

　　你好！

　　你们刚才谈论的那个珍珠宝塔是我梦寐以求的，谢谢你完好地珍藏了这么多年。明天晚上九点，我登门拜取，一言为定。

　　黑川记者，谢谢你的捧场，在报纸上给我起了个响亮的名字，叫什么透明怪人。好吧，你们今后就用它称呼我吧！

　　谨此叩谢。

透明怪人　敬上

安然无恙

　　岛田父子和黑川记者看完信上的内容，脸色苍白，腿脚酥软，慌了神的眼睛相互对视着。已经是傍晚过后，室内光线昏暗，三个人紧张得居然忘了打开灯。

　　"啊！"

　　突然，岛田拉住爸爸的手，瞪大眼睛注视着房间左侧，眼珠仿佛又要蹦出眼眶。爸爸和黑川记者也吃惊地望着那里。

　　岛田眺望的是紧闭着的窗。那是欧式窗，两扇磨砂玻璃窗关得紧紧的。可玻璃上有模糊不清的人影，那张侧脸的影子比实际的人脸要大一倍。嘴巴呈月牙形状，嘴角咧到耳朵根部。

"哎嘿嘿嘿……"

嘶哑、低沉、令人毛骨悚然的笑声，隔着玻璃轻轻地传入房间。笑声每传来一次，影子的嘴唇便上下蠕动。不是普通人影，而是透明怪人特有的模糊影子。

黑川记者一边大骂"该死"，一边飞一般跑到窗前。他用手猛地推开玻璃窗张望，可窗外什么也没有，也许是肉眼看不见的缘故。

"哎嘿嘿嘿……"

令人讨厌的冷笑声，又不知从昏暗的院子里的哪个角落传来。少顷，笑声停止了，窗外又是一片宁静。突然，嘶哑的声音仿佛从天而降，在房间里轰然响起。

"明天晚上九点，请你们别忘了哟！"

透明怪人开始说话了，可声音实在令人讨厌，像外国人学说日语的腔调，缓慢、笨拙。听着嘶哑而又低沉的声音，黑川记者和岛田父子俩战战兢兢，浑身瘫软。

"叔叔，快，快，快把窗关掉！"

岛田压低嗓门对黑川记者说道，他担心透明怪人有可能越窗而入。由于透明怪人的行动是肉眼看不见的，一旦进入房间就无法看清楚他在房间里的哪个角落。黑川记者被岛田这么一说，赶紧将窗关上。这时候，又是一阵"哎嘿嘿嘿……"的笑声从窗外飞入房间。笑声越来越弱，越来越远，不一会儿再也听不见了。窗外，又恢复了宁静。

"那家伙大概知道地下室的出入口吧？"

岛田的爸爸脸色铁青，提心吊胆地问道。

"洞口就在你书房的地毯下面吧！最近，你打开过洞口上的盖板吗？"

黑川记者问道。

"嗯，四五天前打开过，而且去过地下室。那是为了核实珍珠宝塔是否安然无恙。一般来说，我每个月去一次地下室，打开保险柜检查珍珠宝塔的情况。"

"哦，四五天前？那家伙也许跟着你去过地下室？要真是那样，可就……"

"你，你说什么？"

岛田的爸爸吃惊地盯着黑川记者的脸，猛然听黑川记者这么一说，脑瓜子蒙了。对手是一个肉眼看不见的家伙，黑川记者所说并非没有可能性。

看来不是"明天晚上九点"，而是早在四五天以前他就有意盗走自己最心爱的珍珠宝塔。岛田先生想到这里，不由得紧张起来。

"这样吧，去核实一下！你跟我一起去，岛田一郎也一起去。有我们三个人在，即便那家伙钻进地下室也能防得住他。"

"对，对，最好是去看一下。"

于是，三个人急急忙忙来到书房。先在房间里将门锁插上保险栓，又在窗上拴上金属插销。有了这样的防盗措施，透明怪人就是再有能耐也只能望"门"兴叹。

岛田先生搬开椅子，掀起铺在地板上的地毯，把手放在地板上向上一拉，出现一个正方形的木盖。

"好，你们先进去，我跟在你们身后进去，立马关紧木盖，透明怪人即便跟在我的身后也休想进去。"

三个人进入地板下面，关紧木盖后，里面黑漆漆的。岛田先生摸到地板下面的开关，打开电灯开关。这是大约一平方米的狭小空间，周围是混凝土墙，脚下有一块边长六十厘米的铁板，是地下室的出入口。

三个人挤在逼仄的空间里，相互紧贴在一起，根本无法动弹。岛田的爸爸一边关上木盖，一边得意地说："怎么样？像这样狭小的空间，一定安全吧！透明怪人根本无法进来。"

他一边说着一边打开铁板，让黑川记者和儿子岛田一郎先下去，自己跟着下去，随后在里面关上铁盖。下面是混凝土楼梯，十分狭小，宽度只能容纳一个人通过。走完六级台阶，便到了保险柜前面。这间地下室面积在七平方米左右，天花板上装有一盏小吸顶灯。

"好了，保险柜就在这里。黑川记者，我们这样小心翼翼，通道又那么狭窄，那家伙还能跟着我们一起进来吗？"

岛田的爸爸从袋里取出保险柜钥匙，问黑川记者。

"我看不可能。不管怎么说，透明怪人虽说看不见，但他是有身体的，我看他不可能与我们一同进来。现在，我也放心了。"

黑川记者终于也轻松地笑了。

岛田的爸爸转动保险箱的密码锁，随后取出特别钥匙将门打开。

"呵，我的珍珠宝塔没有被盗走，瞧，平安无事！也没有什么异常情况。黑川，这就是透明怪人垂涎三尺的珍珠宝塔。"

岛田爸爸的脸上，浮现出欣慰的笑容。在保险柜的中间，有一个正方形玻璃箱。小巧玲珑的五层珍珠宝塔，镶嵌着无数颗珍珠，耀眼夺目。

"呵，太漂亮了！我还是第一次看见这么美丽的珍珠宝塔。"

黑川记者情不自禁地赞叹道："难怪透明怪人看中了珍珠宝塔。这么美丽的宝物，人见人爱。不过，藏在这么安全的地下室保险柜里，透明怪人是绝对盗不走的。接下来还是应该立即报告警方，让他们多派些警员守卫。这样一来，珍珠宝塔就更万无一失了。"

"是的。我必须报告警方……有警员守卫，还有这样的防范措施，我就可以高枕无忧了。"

岛田的爸爸关上保险柜门，将密码锁和特别锁恢复原样。接着，三个人小心翼翼地按原路返回书房。

不翼而飞

次日晚上九点前，别墅内外发生了许多奇奇怪怪的情况，大概情况如下。

岛田的爸爸报警后，警方随即派出许多警员在岛田别墅周围布设岗哨，并决定昼夜保卫珍珠宝塔。次日上午，警视厅的中村警部登门拜访，与岛田的爸爸交谈后返回警视厅。

傍晚时分，中村警部带着三名警员来到岛田别墅。一名警员在书房站岗，另两名警员在别墅周围巡逻。中村警部本人，则守卫在地下室的保险柜跟前。

除警方派人员保卫岛田别墅外，少年侦探团也投入保卫珍珠宝塔的行动中。透明怪人袭击岛田别墅欲盗走珍珠塔的消息，在岛田的同学中间不胫而走。同学中间的少年侦探团团员，立即将这一情况报告小林团长。小林是明智大侦探的少年助手，也是少年侦探团的团长。

小林团长立即约见岛田和木下了解情况，商妥保卫方案后立即从居住在岛田别墅附近的团员中间挑选五名少年侦探，由小林团长亲自带队，奔赴岛田别墅参加保卫活动。少年侦探团的主要任务是密切监视透明怪人。

说是监视，可由于对手是看不见的怪物，即便瞪大眼睛也起不到任何作用。为此，小林团长想出一个绝妙的办法，他与五名少年侦探在天黑时分成三组，分别在别墅周围和院子里打着手电筒巡逻。

为什么要打手电筒巡逻呢？因为透明怪人尽管是一个肉眼看不见的家伙，但影子能看见。手电筒的光束也许会照出透明怪人的影子。只要一发现影子，大家就可以扑上去将透明怪人捕获。

小林把这一方案报告给中村警部。中村警部也开窍了，遂命令部下们也按这样的方法打着手电筒站岗、巡逻。

一到晚上，岛田别墅的周围亮起许多手电筒灯光，宛如萤火虫那样的光束在空中飞来飞去，为岛田别墅增添了一道美不胜收的景色。

且说地下室里的情况，晚上八点五十分的时候，黑川记者以及中村警部已经坐在椅子上守卫了一个小时。他们目不旁视，紧盯着保险柜门。

他们四人到地下室的时候，与昨晚相同，小心再小心，注意再注意。进入地下室的两道门内侧都上了锁，透明怪人不可能越过木盖和铁门。

"我大概是没见过那家伙的缘故，总觉得大家这么害怕他非常不可理解。即便真有天大的能耐，像我们这样谨小慎微，应该不会出什么问题。那家伙说什么晚上九点到这里来，只不过是随便说说而已。其目的可能是制造轰动效应，希望世人都知道天底下有一个透明怪人。"

身着西装的中村警部从口袋里取出烟盒，对大家说。可黑川记者不同意他这样的观点，反驳说："不会是这样吧！那家伙是魔鬼，我们决不能麻痹大意。虽说在众目睽睽之下，那家伙也有可能神不知鬼不觉地打开保险柜门。"

"你用不着担心，小林想出一个绝妙的办法。那家伙再隐形也无法隐去自己的影子，我们只要注意那家伙的影子，就能万无一失。这地下室有灯光，那家伙要是来到地下室，肯定会现出他的影子。"

"可是，中村警部，那家伙也有不现出影子的时候。曾经有一次，透明人救助擦皮鞋的少年，当时根本就没有出现影子。那天我在场，目睹了整个过程。

"他和那个不良青年搏斗的时候，地面上只有不良青年拼命挣扎的影子。据说，那家伙只有在恶作剧的时候才有影子。看来，透明怪人也许掌握了这样的魔法？"

"哈哈哈……黑川好像非常敬重那个家伙？"

中村警部说完笑了起来。当笑声还没有结束的时候，不知从哪里传来咣当一声。

四个人顿时紧张了起来，相互望着对方，接着，地下室里恢复了安静。这时候，岛田看了一眼爸爸的手表，不由得兴奋地喊道："爸爸，再过一分钟就是九点了。"

中村警部和黑川记者都各自看了自己的手表，确实是差一分九点。为保证时间准确，三人事先根据广播电台校准了时间。

谁也没有开口说话。中村警部现在也是一脸严肃的表情。地下室里鸦雀无声，只有三块手表的秒针在相互竞赛，发出嘀嗒嘀嗒清脆悦耳的响声。十秒，二十秒……

时间如箭一般地向九点靠近，四双眼睛紧盯着保险大门。

岛田目不转睛地望着，突然觉得保险柜旁边站着一个模糊不清的人影。

"咦？"

岛田惊叫一声后又重新看一眼，可这时候什么也看不见了。也许是神情恍惚的缘故吧？

这时，不知哪里传出扑通的声响，紧盯着保险柜的四个人哗地全变了脸色。岛田大声叫唤，想尽快逃离地下室。紧张的气氛使大家的心跳急剧加快，仿佛就要蹿出嗓子眼似的。

"哇哈哈哈……"

突然，意想不到的笑声在房间里响起来。中村警部离开椅子站起来，拉开嗓门放声大笑。接着，他清了清嗓子说道："诸位，已经超过九点了。再有二十秒钟就超过一分钟了。瞧，现在是九点零一分。黑川，怎么样？透明怪人食言了。保险柜这里，根本就没有发生什么异常情况。那一张纸，只不过是用来吓唬老实人的废纸而已。"

中村警部如释重负，满脸得意的神情。

"请别忙着下结论！刚才曾响过两下奇怪的声音，那到底是什么？岛田，为慎重起见，我建议打开保险柜门核实一下。"

听黑川这么一说，岛田的爸爸觉得有道理，站起来走到保险柜跟前，打开密码锁和特别锁。当他朝里面一看，啊的一声尖叫，如木偶般站着不动了。

"怎么啦？"

中村警部和黑川记者跑到岛田先生的身边。

"什么？珍珠塔不见了！"

岛田抱住爸爸的腰，伤心地大声嚷道。放在保险柜里的那只包装盒盖已被打开，珍珠宝塔不知去向。

"哎嘿嘿嘿……"

令人厌恶的笑声又不知从哪里传来，在地下室里回响。不用说，笑声肯定来自地下室的某个角落。可恶的透明怪人，一定还在地下室里。

四个人瞪大眼睛四处搜寻，却什么也没有找到。

"明白了，那家伙刚才在岛田爸爸打开保险柜门的时候，从腋下将手伸入保险柜盗走了珍珠宝塔。当时，我看见了那个半透明的人影。"

黑川记者疯狂般地嚷道。然而，如果黑川记者说的是事实，即便看不见怪人，可被盗走的珍珠宝塔是不可能从眼前消失的。无论人们怎么瞪大眼睛在椅子底下、保险柜后面搜索，最终还是一无所获。

三个大人相互使了一下眼色，张开双臂在房间里摸来摸去，搜索那个肉眼看不见的透明怪人。可忙得汗流浃背，额头上直冒热气，却是徒劳一场，连透明怪人的影子也没有碰着。

中村警部跑上楼梯，站在铁盖下面屏住呼吸倾听。这时候，那令人恶心的奸笑声又轻轻传来。

"咦？声音好像来自铁盖外边？那家伙可能在书房里？"

笑声确实从铁盖上面的书房传来。刚才出现在地下室里的笑声，也不知咋的，居然从书房越过紧闭的铁盖传入地下室。可见透明怪人的身体，可以像幽灵、烟雾那样消失，而且可以在空中随心所欲地穿行。

"现在，你们该明白了吧？我这个透明人向来说到做到，做不到的事情绝对不说……"

说话声轻得像蚊子嗡嗡叫，听起来非常费劲。待在铁盖上面书房里的透明怪人，用笨拙的语调对大家说话。

　　过了一会儿，守卫保险柜的四个人垂头丧气地走出地下室。这时候，小林气喘吁吁地跑来对大家说："我们抓住一个可疑家伙。这个酷似流浪汉的家伙，龟缩在围墙外瑟瑟发抖。我们上前问他干什么的，他却说了一件令我们吃惊的事情。到底是真还是假，我们无法分辨。不过，那家伙还在不停地颤抖，好像看见了什么可怕的东西。我们已经把他带来了。"

　　中村警部听完小林的报告，同意把那个家伙带到他跟前。

　　少年侦探团究竟抓住了个什么样的家伙？这个流浪汉又究竟看到了什么可怕的东西？

跟踪怪人

根据中村警部的命令，小林转过身使了一下眼色。于是，两个少年侦探将那个年轻流浪汉押了上来。

从外表看，他的年龄二十四五岁，十足的邋遢流浪汉。穿着棕色的破衣破裤，手上拿着一顶破呢帽，两只脚丫子沾满了泥土，头发蓬乱不堪，瘦削的脸上蓝一块黑一块的，唯独那双眼睛格外有神。

中村警部让那个家伙坐在椅子上，让他把看到的情况详细地说一遍。十是，流浪汉慢吞吞地说了起来。

　　这天晚上，流浪汉为寻找鸟窝在周围的街上徘徊。正当他经过岛田别墅的围墙外侧时，发现了奇怪的影子。当时，正是透明怪人从地下室保险柜盗走珍珠宝塔的时候。流浪汉察觉到围墙内的院子里有东西在蠕动。于是他停住脚步，从围墙的间隙朝里窥视。

　　流浪汉由于一直在昏暗的街道上行走，视觉已经习惯暗淡的光线。虽说院子里的夜间灯光十分微弱，但还是有一定的照明度。

　　流浪汉揉了一下眼睛，察觉大树下的草丛里散落着一堆东西。有灰色大衣、黑色西装、白色衬衫、黑色裤子、灰色呢帽，还有一双黑色皮鞋。倘若地上就这些东西，流浪汉也不会怀疑什么。奇怪的是，那中间混杂着一个可怕的东西，圆圆的、深灰色的，还有乱蓬蓬的头发。

　　起初，流浪汉看不清楚那究竟是什么东西。可仔细一看，那圆圆的东西上居然有眼睛有鼻子有嘴巴。原来，那是人的脑袋！

流浪汉被这一可怕景象吓得惊叫起来，打算转身逃走。草丛里有人的脑袋，无论谁见了都会失魂落魄。此刻的流浪汉宛如站在杀人现场，背上直冒冷汗，腿脚直打哆嗦。

　　这时候，又发生了更奇怪的现象。正要逃走的流浪汉不由自主地停下脚步，似乎被魔法缠住似的连眼珠也转不动了。

　　是的，有不可思议的东西在晃动。不是那颗脑袋，而是西裤。黑色的西裤，好像被什么人向上提起似的从地面飘升，两只脚站在地上，不光站着，还踱起了方步。

　　流浪汉吓得面如土色，真想张开嘴大声叫喊。可转念一想，一旦喊出声音，也许会遭到那家伙的惩罚。于是，他极力按捺紧张的心情。

　　尽管吓出一身冷汗，可视线仍然注视着那里。这一回，轮到白色衬衫慢悠悠地开始飘荡。那飞舞的模样酷似人在穿衬衫，也就是说，那个肉眼看不见的透明怪人，先是穿黑色裤子，然后穿白色衬衫……

流浪汉不相信眼前发生的事情，怀疑是自己的幻觉所致。像这样的现象，在现实生活里是不可能发生的。

肉眼看不见的透明怪人，接着穿上西装，然后穿上皮鞋，戴上手套，变成一个完全绅士模样的人，只是缺少一样重要的东西——脑袋。

"各位先生，你们看见过肩膀上没有脑袋的人吗？这种畸形人，我是打娘胎里出来头一回看到，太不可思议了！"

流浪汉将脸转向中村警部，充满轻快的口吻，接着说的情况就更离谱了。

虽说只有人的脑袋滚落在地上，可这个没脑袋的绅士竟然弯下穿着西装的上身，从地上拾起脑袋，用双手捧着。那颗脑袋，脸色显得苍白无力。

"啊哟哟哟……掉在地上的脑袋，原来是这个家伙的。"

流浪汉恍然大悟。就在这时候，这个没有脑袋的家伙，将捧在手上的脑袋向上举起，随后放在自己肩膀的中央。于是奇迹出现了，那颗脑袋稳稳地坐在肩膀中央不再离开。也就是说，那个没有脑袋的绅士从今往后有脑袋了，变成了一个正常人。

流浪汉被这样的奇迹惊呆了。龟缩在墙角旁边，浑身已经不能动弹。这时候，有脑袋的绅士将大衣披在身上，把呢帽戴在脑袋上，径直朝年轻流浪汉身边走来。流浪汉吓得赶紧夺拉着脑袋，颤抖的身体索性蜷缩成一团。

可怪物没有发现流浪汉。他走到围墙边上停住脚步，朝四周张望。这时候，他发现身边的砖墙上有一个洞。于是弯腰从洞里钻了出去，接着再一次扫视四周，沿着昏暗的街道越走越远。好在流浪汉没有被怪物发现，否则，可就遭殃了。

流浪汉说完，中村警部问道："你见到的那颗脑袋，肯定是透明怪人的蜡制面具。没有脑袋的人是不可能在街上行走的，说明你被那个蜡制面具迷惑住了。"

"我没有看过报纸，只是从邻居少年那里听说过透明怪人的情况。"

流浪汉满脸怅然的表情。

"你一直观察那家伙，为什么不去跟踪他？"黑川记者用斥责的口气问道。

"是的，我不知道那家伙是坏蛋。因此……不过，即便事先知道他是坏蛋，我也没有勇气跟踪。当时，我憋了好长时间没有嚷，再说也不敢嚷。"

"你这个家伙，为什么不大声叫喊。我们这里有许多人在，你只要喊出声音，我们会立刻赶来援助你。那家伙一定是那个轰动东京的透明怪人，你如果真想抓住他，加上我们的援助，完全可以抓住。遗憾的是，你却把他放走了……"

"我不是有意的。我是没有勇气，可我看见有人追了上去。"

"什么？你说什么？去追的人是谁？快说！谁去追那个家伙啦？"

"是一个少年。当时，他一直在附近，和这些抓我的少年差不多模样。"

流浪汉一边窥视小林和他身后的两个少年，一边继续说道："我蹲在砖墙旁边窥视的时候，有一个少年晃着手电朝我走来，大声盘问我是干什么的。我当时处在极度的恐惧之中，连话都说不出来。正好那个把脑袋放在肩膀上的绅士还能依稀可辨，我便用手指向那里。这少年一看有情况，立即关闭手电的光，蹑手蹑脚地跟了上去。"

"太好了。小林，那少年肯定是你们少年侦探团的。可他独自一人跟踪，千万要小心才是。也许情况紧急，来不及与你们联络，但我很担心他的安全。这样吧，小林，赶快查清那个跟踪的少年是谁。"

黑川记者焦急不安，坐不住了。

深入贼窝

　　透明怪人身后的"尾巴"，是少年侦探团的副团长，小林的得力助手大友。他的全名叫大友久，是初中二年级学生。

　　大友在围墙外巡逻时发现流浪汉很可疑，遂上前盘问。经过流浪汉的指点发现有情况。一看到怪人远去的背影，联想到肯定是透明怪人。瞧那身装束，与平时听到的透明怪人的穿着相似。

　　大友个头矮小，加之住宅区路灯稀少，光线昏暗，跟踪比较容易。在距离岛田家一百米左右的街角处，停着一辆熄灭车灯的轿车。

身穿西装的怪人走到轿车跟前，咚咚咚咚咚敲了五下，好像是一种联络暗号。随后拉开车门，坐进后排，和司机说了几句悄悄话。

大友身材瘦削，体重偏轻，但精力充沛，手劲好，擅长的运动项目是跳马和单杠，而且酷爱冒险。尽管他觉得这是一次不能错过大显身手的好机会，但浑身还是微微颤抖，心跳有些加快。

大友暗自给自己鼓劲，踮起脚尖走到轿车后面。随即，沿着后备箱敏捷地爬上车顶。瞧他那爬车动作，简直比猴子还要利索迅速。紧接着，大友整个身体呈"大"字形状，像蚂蟥那样黏在车顶上不再动弹。刹那间轿车启动了，风驰电掣般地行驶。

轿车避开设有警务站的路口，驶过一条又一条昏暗的道路，疾驶了三十分钟左右。奇怪的是，轿车里的司机和怪人似乎没有察觉到车顶上有情况。

对于少年侦探团副团长大友来说，轿车每拐一个弯都是一次生与死的考验。稍不留神就有可能从车顶上滚落到地上。可大友用他那娴熟的趴车姿势，经历了一次又一次的考验。

轿车终于停靠在路边，不用说，这里还是东京市内。从外观看，似乎是昔日的兵营，现在是荒凉的空地。远处是热闹繁华的商业街，空地上的成群的枯树遮挡着闹市的霓虹灯光。

怪人下车后头也不回地朝黑暗处走去，大友见状顿感焦急起来。眼下，无论如何不能让目标消失。他悄悄地溜下车顶，趴在车尾旁边的地面上向黑暗处望去。

突突突……突然，头顶上传来沉闷的响声。大友吓了一跳，赶紧抬头观望。原来，车尾的排气管正在排放废气，看来轿车要驶离路边。司机无疑是怪人的部下，多半是把车驶入秘密车库？正当大友思索着，轿车呼地飞驶起来，消失在茫茫的夜色里。

怪人的贼窝无疑是在这片空地的某个地方，可究竟在哪里呢？眼下应该是最关键的阶段，只要继续顺利跟踪，就可摸清透明怪人大本营的所在地。然而，大友面临的危险也越来越近。

大友继续观察，发现前面有高达十米左右的悬崖，上面长满野草，一直向前延伸。透明怪人正朝着悬崖那里径直走去。

　　大友在草丛里匍匐着向前，小心翼翼地跟踪透明怪人。由于光线暗淡，草地空旷，即便透明怪人回头观察也不必担心被发现。只要不弄出响声，绝对不会引起对方的警觉。

　　透明怪人走到悬崖跟前，由于那里黑得伸手不见五指，已经难以辨认怪人的影子。大友瞪大双眼，目不转睛地在黑暗里搜寻。

　　这时候，传来沙沙的皮鞋与野草的摩擦声。与此同时，透明怪人的影子不见了。无论怎么搜索，周围除泥土和野草外，再也发现不了别的东西了。

　　透明怪人也许又使用了魔法？不，不是那么回事。透明怪人消失的地方有一个洞穴，被丛生的野草伪装得很难发现。洞穴里有一条地道口，透明怪人下到洞穴后进入那条地道。

　　大友找到洞穴后，把耳朵贴在地道口的旁边倾听动静。

又传来了一阵窸窸窣窣的声响。根据声音判断，透明怪人已经爬到地道深处。后来经过警方调查，才知道这地道是战争期间挖掘的防空洞。由于这里十分偏僻，防空洞也就成了被人们遗忘的角落。

由于洞口周围长满野草，人们难以发现这里有防空洞。

大友轻手轻脚地爬到黑漆漆的地道里，还没有爬多远，手便触到地道的尽头。这里没有岔道，也没有暗门。

"咦？奇怪！这家伙躲到哪里去了？"

狭小的地道里没有怪人的藏身之处啊。

"透明怪人也许又使出什么绝招，烟雾般地消失了？"

大友一边觉得不可思议，一边趴在那里直勾勾地盯着漆黑的洞底。突然，微弱的光线映入眼帘。

这是一个直径四十厘米的洞口，洞里有模糊不清的亮光。

"哈哈，我明白了。洞深处有宽敞的空间，那里有灯，因而光线射到这里。看来，那家伙肯定是从这个洞口爬向那里的。"

大友终于察觉到了。即便有人沿着地道爬到这里，也不可能觉得洞内有怪人贼窝。尤其是这个小洞口，既很难爬进去，又很难让人想象洞内是透明怪人的大本营。

通常像这样的洞口应该有暗门，而且是从里向外关闭洞口的。

"前进！"

大友攥紧拳头暗自下定决心。其实，大友的这一决定太草率了。既然已经明白贼窝的所在地，就应该迅速返回报告小林团长和中村警部。如果这样部署自己的行动，既能抓获透明怪人，又能保证自己的安全。

可被同学们称为"冒险家"的大友，此时此刻已经忘记了什么叫危险，宛如发现猎物的猎犬，不顾一切地猛扑，连冷静思考的时间也没有。太鲁莽了！

由于洞穴太小，他只能侧着身体向前爬行。大友竖耳倾听，断定前面不会有人，便匍匐前进，果然，那里非常宽敞。

再朝深处仔细观察，那里有一块板，板上好像有一道裂缝。光线就是从那道裂缝透出来的。这是一条走廊，宽度约一米，高度约两米，即便大人也可站着通过。

大友站起来朝亮光的地方走去。

走到那里一看，透进光线的地方果然是一块板。其实，这是用木板制作的非常粗糙的房门。从木板门上的裂缝透出的光线红红的，多半是烛光。

大友把耳朵贴在门板上倾听，门里传来轻轻的响声，好像有人在踱步。

大友用膝盖抵着门板，将眼睛凑到裂缝朝里窥视。忽然，大友全身晃了一下，禁不住打起哆嗦来。少顷，身体变得像僵硬的雕塑般许久没有动弹。

怪异睡衣

　　这是一个不大的房间，正面墙上挂着黑色的布帘。布帘前面是一张与病床差不多的铁床，表面涂有白色油漆。白色的床单上坐着一个男子，脸朝着门，身着蓝白相间宽条纹的睡衣。

　　奇怪的是，男子没有脸，从脖子往上什么也没有，坐在床上的仅仅是那件睡衣。

　　片刻，睡衣站起来朝前走了两三步。睡衣下边是一双拖鞋，而睡衣宽大的袖口那里什么也没有。尽管没有手，睡衣的袖口却在晃来晃去。床边是一张涂有白漆的小圆桌，睡衣朝小圆桌那里走去。

大友的目光追逐着男子，渐渐移向桌子那里。当目光触及桌面的时候，大友的身体又不由得颤抖起来。

　　桌上有烛台，烛台上的蜡烛正在燃烧。烛台旁边有热水瓶、玻璃杯、烟缸和香烟。如果仅有这些东西，应该说是最平常不过的。可桌子中间放着一个奇怪的东西，按理说这是不应该有的东西——人的脑袋！这颗令人不寒而栗的脑袋虽被放在桌上，可脸却朝着门板，眼神贪婪凶狠。

　　大友想尽快离开洞穴，可视线突然又被房间里的某个东西吸引住了，眼睛继续凑在裂缝上窥视。被放在桌上的那颗脑袋不是人的脑袋，而是蜡制面具。透明怪人身穿睡衣似乎正打算上床睡觉，也许戴着蜡制面具睡觉不方便，于是摘下后放在桌上。睡衣没有脑袋，也许就是这个缘故。其实怪人不是没有脑袋，只不过是大友看不见而已。

　　这时候，睡衣打开热水瓶盖子，往玻璃杯里倒开水。由于没有手套而看不见手。随着睡衣袖子的晃动，热水瓶自行在空中飘浮。瓶口渐渐朝下，水渐渐流入玻璃杯里。大友揉了一下眼睛，仿佛在观众席观看魔术表演。

接着，盛有开水的玻璃杯嗖地飘浮在空中，停在睡衣的衣领上面。紧接着，玻璃杯与热水瓶一样渐渐地倾斜，玻璃杯中的开水，咕咚咕咚地被吸完。

其实，透明怪人正举起玻璃杯喝水。由于脸和手透明得看不见，玻璃杯仿佛被注入生命在空中飞舞。

大友经常听到关于透明怪人的传闻，可亲眼见证还是第一次。他觉得自己好像是在做梦。

大友目不转睛地窥视着。这一回，透明怪人从桌上的烟盒里取出一支烟，点燃后一口接一口地吸了起来。一支白色的香烟横在睡衣的上端，被点燃的香烟不时地闪烁着红光。每闪烁一次，空中便涌出一团烟雾。这是透明怪人从鼻孔和嘴里在喷烟。

大友使劲窥视，奇妙的光景不停地变化。这时候，他背后的黑暗处传来衣服相互摩擦的沙沙声，好像有人在呼吸。

大友原以为洞穴里只有透明怪人，可根据呼吸声分析，洞穴里大概还居住着其他什么人。

大友警觉起来，想转过脸看个究竟。可突然发觉全身紧张得麻木了，脸和身体怎么也动弹不了。背后的黑暗处肯定有人！听，还不时传来呼吸声音呢！

大友把手伸向背后触摸，打算根据手感进行判断。大友感觉到了，是一个柔软的东西，好像是一件大衣。

"肯定有人站在我的背后！"

大友更加紧张了，仿佛呼吸也停止了。眼下自己已经进入死胡同，除向后转，无其他路可走。一旦向后转，身体无疑与背后的人相撞或者面面相觑。

大友想到这里，使尽全身力气将身体猛地向后转。果然，黑暗里站着一个成年男子。

身陷囹圄

洞穴里尽管黑暗，但借助门缝透出的微弱灯光，可以朦朦胧胧地看见男子的大概模样。大友揉了一下眼睛，察觉站在黑暗中的男子是一位老人。

怪老人满头白发，银色胡须一直垂到胸前，身披黑色的外套，宽大的衣袖犹如蝙蝠的翅膀，鼻梁上架着一副方型玻璃片的宽边眼镜。尽管洞穴里光线暗淡，可眼镜背后的那对细长眼睛似乎在微笑。

怪老人与大友没有说话，面面相觑地僵持了很长一段时间。忽然，怪老人把手伸向大友，一把握住大友的手。

"我有话对你说，请跟着我！别担心，不是什么坏事。"

怪老人的话让大友觉得格外善良。

"我不想去，我现在想回家，快松手！"

大友勇敢地说道，打算用力挣脱被怪老人握住的手后逃出洞穴。可怪老人使劲地攥着，大友无可奈何。

"哈哈哈……我决不会放你走的！凡是知道这里秘密的外人是不可能返回人间的。好了，请别抱什么幻想了，快跟着我。我让你看精彩的东西，而且还有话跟你说。"

怪老人说完，拽紧大友的手朝门那里推。大友使劲挣脱，无奈怪老人的手力比自己大许多倍，极不情愿地被推着朝门里走去。

吱的一声，木门开了，房间里的烛光照在大友的脸上、身上。屋里除了床、桌子和椅子，没有其他东西了。墙上、屋顶和地面上没有任何装饰，都是清一色的混凝土。

"我带你去的不是这里，还要朝里走，那里有一个秘密房间。"

　　怪老人的右手继续拽着大友的手，左手按在墙面上。被按着的地方好像是一个秘密开关，接着左侧的墙晃动起来，出现一个洞门。

　　怪老人拽着大友刚穿过门洞，门便自动关上了，与墙融为一体。从外表看，难以分辨通向地道的暗门在墙的哪个地方。地道里漆黑一团，怪老人拽着大友的手沿着地道向前走了十米左右，又好像按了一下秘密开关。于是，墙上的暗门吱地开了。房间里，射出明亮的光线。

　　"进来吧！这里是我的研究室，我们就在这里慢慢地聊天吧！"

　　大友走进房间，吃惊地环视周围。像这样的防空洞，里面居然还有如此像样的研究室，完全出乎大友的意料。

　　研究室的面积大约有二十五平方米，地上、墙上和屋顶都是混凝土浇筑。房间里摆满许多奇怪的道具，首先映入眼帘的，是紧靠墙边的白漆金属台，像医院里的外科手术台。金属台旁边有白漆玻璃橱，橱里架着好几层玻璃搁板。搁板上放着银光闪闪的金属工具，有剪刀、尖刀……犹如外科医生使用的手术刀。

另外，金属台的对面有一张大工作台。上面排列着许多用于化学实验的玻璃烧杯，形状各异，大小不一。微型煤气灶上，放着一只又大又圆的玻璃烧杯。此刻煤气灶气孔里正喷射出蓝色的火焰，而玻璃烧杯里的紫色液体正在咕噜咕噜地翻滚着。

化学实验台的旁边是盛放许多药品的橱子，里面排列着各种颜色的药瓶。除此之外，房间里还放有许多用途不明的器械。化学实验台上还有三支点燃的蜡烛，散发着红色的烛光。

"让你受惊了！哈哈哈……你大概没有想到吧？像这样的地下室里，居然有如此设备齐全的研究室。其实，这地下室不是我建造的，而是陆军在战争期间建造的。当时，这里主要是用于防空的秘密地下室。像这样的地下房间，应该属于指挥室。这秘密地下室无人知晓，只有我经常借用。你快坐下吧！"

怪老人说完也坐在椅子上。在明亮的烛光照耀下，怪老人的脸变得可怕起来。白发长须，高高的鹰鼻，镜片背后凶恶的目光，酷似妖怪的脸。

"你是少年侦探团的副团长，叫大友吧！瞧，我什么都知道。你趴在我的轿车顶上跟踪到这里，太勇敢了。像你如此勇敢的少年，我真希望你成为我的弟子。怎么样？你一定感到很荣幸吧？"

"老爷爷，你是谁？我不可能成为一个陌生人的弟子。"

大友一口拒绝，语气坚决。

"哈哈哈……你想知道我是谁吗？告诉你吧，我是世界上最伟大的科学家。我发明的东西，远远超出原子弹和氢弹之类的东西。不过，我没有让社会知道我发明的东西。一旦公开，整个世界就会发生大乱。由于这项发明太惊人，弄不好连我本人也将遭到杀害。"

怪老人啰唆了半天，话语不仅不合逻辑，还前言不搭后语。大友越听越觉得荒唐，怪老人莫非精神病患者？

怪老人说的发明究竟是怎么回事？

透明变术

怪老人喋喋不休继续说道："轰动社会的透明怪人，到底是怎么回事？你说呢？你觉得那样的透明怪人和我们是一样的人？不，不是那么回事。当然，那也不是来自其他星球的外星人。我所说的透明人，是人工制造的。制造人就是我。"

大友目瞪口呆，望着怪老人闪闪发光的镜片和不停抖动的长须。

"我说的制造不是制造人及其本身，而是在你们的身体上施以化学变化，达到全身透明。从而，让人类的肉眼根本看不见你们的存在。

"在长达三十年的研究时间里，我呕心沥血，绞尽脑汁，终于发明了使人体透明的药物。第一个实验成功的，是轰动整个日本的一号透明怪人。最近，他成功地盗走岛田家中的珍珠宝塔。还有实验成功的三号透明怪人，也就是说，世界上已经诞生三个透明人。可目前在社会上引起轰动效应的，只是一号透明人。其余两个透明人还在我的身边。他们还需要训练一段时间。现在，两个透明人就在这个房间里。可他们到底在哪里，我这个制造者也看不清楚。但是，他俩确实在这个房间里。喂！二号透明人，快回答！"

　　于是，从房间里的某个地方传出"到！"的声音。

　　"三号透明人，快回答！"

　　紧接着，另一个方向传出"到！"的声音。

　　"怎么样？大友，房间里确实有两个吧！可看不见他们的模样，光凭声音，你可能还不会相信。好，现在让你看证据。二号透明人，把实验台右边的玻璃烧杯放到药品陈列橱里。"

　　怪老人话音刚落，实验台上的玻璃烧杯嗖地在空中飘浮起来，接着越来越高，一直飘浮到药品陈列橱的最上面一段，随后不再动弹。

房间里确实有肉眼看不见的人，可怪老人真会制造透明人吗？用药物使人变得透明，这到底可信吗？眼下房间里出现的情况和听到的声音，又不得不让人相信。

"怎么样，我没有说谎吧？现在你该明白了，到目前为止，我仅制成三个透明人。可制造工作，并不因为已经诞生三个透明人而停止。只要其本人愿意，我可以不间断地做下去，成百上千，不，几万乃至几十万都可以。明白了吗？你一定会觉得不可思议吧？

"如果拥有十万个透明人，我就可以无所不能。由于我们是透明人，无论什么地方都可以自由进出，无论什么样的秘密都可以轻易知晓。对手如果向我们透明人发动攻击，也只能以失败告终。因为，透明人是抓不住的。我们透明人如果增加到十万，就可以与比自己多几十倍的对手对抗。就人类来说，是不可能产生这种巨大力量的。

"我刚才说的透明人，其威力远远超过原子弹和氢弹，应该算作更重大的发明。由于我的这项发明，世界将发生翻天覆地的变化，任何规模的战争都将变得无法进行。这项发明，还可以让地球上的人类变得一个都看不见，使地球人变成透明人种。"

怪老人说着说着，一双躲在镜片后的大眼睛呼地放出异样的光彩，炯炯有神地望着大友。怪老人在为自己的这项发明高兴，沉浸在独自的狂欢之中。大友越听越觉得恐怖，全身不停地颤抖，双手和双脚麻木得无法动弹。

怪老人沉默片刻，紧盯着大友脸上的表情。片刻，他嘿嘿笑了起来："怎么样？大友，难道你不愿意当我的弟子吗？难道你不愿意配合我从事这项发明的研究工作吗？"

"那，你要我配合什么？"

大友失魂落魄，双眼直勾勾地望着怪老人。

"我想让你成为四号透明人。"

怪老人依然笑嘻嘻的，说出的话让大友大吃一惊。

"不行！我不愿意！我不愿意变成透明人。"

大友脸色苍白，大声嚷道。

"哈哈哈……你害怕吗？别担心，一点也用不着害怕。你只要在那张手术台上躺一个通宵就行了。一开始我会为你注射安眠药，眨眼间你就会不知不觉地酣睡。等到你睁开眼睛的时候，就已经变成透明人了。从那以后谁都看不见你，不管你做什么都能心想事成。就像童话故事里说的一样，可以自如地运用魔法。喂，怎么样？想好了吗？这不是梦话哟！难道你不觉得变成透明人是世界上最有趣的事情？"

"讨厌！我讨厌我的脸和身体不能被人看见。要是那样的话，爸爸和妈妈就再也不能见到我了，同学们也不再理我了。我讨厌变成透明人，讨厌成为魔法大师。"

大友的语气斩钉截铁。可怪老人并没有把大友的这番话放在心上，依然笑嘻嘻地望着大友。

"你真的不愿意吗？可你现在是我的笼中鸟，说一百个不愿意也无济于事。你想逃，这房间是没有出口的。就是有暗门和秘密通道，你也不知道在哪里。我劝你还是学乖点，在这里，你必须按我的命令行动。好了，你是一个听话的少年，别不识抬举了。现在，你坐在那里别乱动！"

怪老人一边说一边突然离开椅子站起身来，展开披在身上的外套，蝙蝠似的朝大友飞来。他把大友夹在腋下走到手术台旁边，按在床上。大友拼命挣扎，无奈怪老人的手腕和臂膀犹如铁钳一般，大友连翻身的劲也使不出来。

挣扎了一会儿，大友逐渐闭上了眼睛。

他想睁开眼睛，可怎么也睁不开。左臂被举了起来。他想再次挣扎，可有气无力。尽管神志清醒，可全身不听使唤。片刻，他感觉手臂像被虫子咬了一口似的，怪老人给他注射了针剂。

"好了，只注射一针你就会马上睡着的。"

大友什么也没有想，任凭怪老人摆弄自己的手臂。片刻，他全身像散架似的，渐渐进入昏昏沉沉的状态，耳边好像响起了孩童时代的催眠曲，最终进入了梦乡。

透明少年

　　打那以后也不知过去多长时间，大友突然像从梦中惊醒似的睁开眼睛。他想站起来，可身体不能动弹，手和脚都好像被什么东西绑住了。

　　那不是怪老人的手，而是一道道缠绕在身上的绳索。大友被绑在椅子上，两只脚和两只手被分别捆在椅子腿和靠背上。

　　房间里一个人也没有，这里已经不是刚才的研究室。突然，大友发现正面墙上好像挂着东西。仔细一看，是一面镜子，边长大约三十厘米。镜子里映照着一个古里古怪的东西。

映照在镜子里的，是一个身穿校服的影子，不是全身，而是胸部以上的半身。影子的脸正巧面对着大友，可衣服的领子上边没脑袋。那件校服与大友穿在身上的完全相似，就连纽扣上的图案也与大友身上穿的完全一样。大友冷静地思考片刻，觉得镜子里的少年肯定是自己。可脑袋呢？变得无影无踪了。

大友被镜子里可怕的一幕吓得浑身直哆嗦，脸色变得苍白。然而自己的这张脸，别人是看不见的。也就是说，大友已经消失了。不知在什么时候，大友成了透明人。

大友越想越伤心，悔恨交加。他想大声喊"妈妈"，可又咬紧牙关忍住了。然而，他无法忍住已经沿着面颊流下的泪水，只能感觉却不能看见，更不能去擦干。墙上的镜子里，连泪水的痕迹也没有。

"喂，应该知道了吧？心情如何呀？"

旁边的一扇小窗户打开了，露出怪老人的脸。此刻，他正窥视着大友。

"你已经成为人眼看不见的透明少年了。你好像在哭？可我看不见你呀！怎么样？是觉得寂寞还是觉得有趣？从今天起，你可以来无影去无踪，可以飞檐走壁，无所不能。你已经成了世人瞩目的透明人了。好了，快打起精神来！"

怪老人走到大友身边，连同椅子一起将大友抱到小房间外。小房间外是一条昏暗的走廊，地面全是泥土。接着，他将大友身上的绳索解开，随后又抱起他快步跑起来。

"再忍耐一下！在你还没有习惯空气人生活之前，还得请你严格对待自己。如果你逃走，那可就麻烦了。因为你还没有掌握透明人的活动规律，瞬间就会被人抓住。尽管没有人能看见你，可身体是确实存在的。只要被抓住一次，你就一切都完了。所以呀，你必须在这里住上一段时间。"

接着，只听嘎的一声，铁栅栏门开了。地板上的蜡烛闪烁红红的火光，微弱的光线把铁栅栏里照得朦朦胧胧的。

怪老人把大友抱入铁笼般的牢房里，锁上了铁门。像这种铁笼子式的牢房，通常是动物园用来关猛兽的。大友从小房间被转移到牢房。

"你在这里住上一段时间，饭会准时给你送来的。"

怪老人抖动着垂挂在胸前的银须，笑了笑。镜片在烛光的照耀下反射出可怕的红光，怪老人手持蜡烛朝黑暗处走去。

随着烛光远去，大友的牢房里变得漆黑。他坐在冰冷的地面上龟缩成一团，寂寞和伤心涌上心头。

BD团徽

那天晚上，大友由于盲目跟踪而身陷囹圄。由于警方正式宣布珍珠宝塔被盗，小林团长不得不解散队伍，命令大家赶紧回家。

第二天，少年们放学回家后又自发来到岛田家，打听大友的消息。

大友失踪后，警员们在岛田别墅内外搜索到半夜，没有发现任何线索。于是，中村警部只得带领警员们返回警视厅。

接着，东京警视厅成立以中村警部为首的侦破透明怪人的专案组。他们在整个东京展开搜索，在各个交通要道设卡盘查。黑川记者经常去设立在警视厅内的记者站，还经常去专案组采访案情进展情况。

对少年侦探们来说，最担心的莫过于大友的下落。全体团员下定决心，无论如何也要找到大友。他们决定依靠自己的力量，找回大友副团长。

小林团长借用岛田家的电话，通知十名团员迅速赶到岛田别墅集合。

大约过了一个小时，团员到齐了。小林将十名少年侦探分成五个侦查小组，以岛田别墅为起点对五条路线展开沿街调查。

"大家别忘了寻找BD团徽！大友一定会使用团徽，将它们沿途扔在地上的。只要能找到团徽，解救大友就有希望。"

小林团长在对全体少年侦探讲话时，特别强调这一点。BD团徽究竟是什么？能起什么作用？不一会儿，第二侦查组的少年侦探们发现了BD团徽。

五个侦查组分成五路展开调查，其中第二侦查组调查的那条路线，凑巧是透明怪人驾车逃走的路线。

可少年侦探们不知道这一情况，只是全神贯注地盯着地面向前搜索。第二侦查组的两个少年侦探以道路中心为界，一个沿道路左侧搜索，一个沿道路右侧搜索。

他们沿街一连转了好几个弯，走了大约一公里路程的时候，沿右侧搜索的少年侦探突然停住脚步，发现地面上躺着一枚银光闪闪的团徽。

少年侦探立即弯腰拾起银色团徽，向沿着左侧搜索的少年侦探打手势，示意他过来。

"果然不出小林团长所料，大友使用团徽了。瞧，这就是我们少年侦探团的BD团徽。"

"嗯，是的，跟我这个一模一样。"

一个少年侦探从袋里取出一枚团徽，与地上拾到的那枚作了比较。

"太棒了！能知道大友的下落了。"

两个少年侦探的脸上，露出喜悦的神色。

BD团徽，是少年侦探团的标志。在少年侦探团的章程里，有关团徽的解释也写得非常详细。所谓"B"是指"少年"，英语单词Boy的第一个字母。所谓"D"是指"侦探"，Detective的第一个字母。B与D组合，就是团徽的图案，也是少年侦探团的英语名称缩写。

BD徽章，除证明团员的身份以外，还有其他许多用途。首先，制作徽章的材料是铅，有一定重量。平时，每个少年侦探的口袋里都放着几十枚这样的徽章。一旦遇到紧急情况的时候，团徽可以代替石块。其次，当被歹徒抓住或被囚禁时，少年侦探可以用小刀在团徽的背面写字后扔到窗外或围墙外，用于报信。再者，少年侦探在团徽背面的别针眼里穿上线，以测量水的深度。还有，少年侦探遭到绑架或被抓时，将团徽每隔一段距离扔在路边，以传达被押送的路线。

平日里，少年侦探们将团徽别在校服的内侧。遇到检查时，只需展开校服的内侧便能一目了然。少年侦探的口袋里还装有三十枚左右的团徽，以备急用。

跟踪透明人的大友当时趴在轿车车顶上，每转一个弯，他便向路边扔一枚团徽。第二侦查组发现的团徽，是大友扔在路边的其中一枚。

接着，两个少年侦探继续把眼睛瞪得像铜铃那么大，一边留意地面一边朝前走。只要一发现团徽，便吹口哨通知对方，随后沿着团徽指示的方向继续向前搜索。

不知不觉，他们来到那片荒地上。

"奇怪！这块荒草地好大呀！"

"这块草地上肯定有秘密。瞧，那里还有一枚团徽，大友可能就在这不远的地方。"

当他俩走到那枚团徽旁边的时候，又在草丛里发现一枚银光闪闪的团徽。

"瞧，那里有一枚！"

"嘿，这里也有一枚！"

俩人一边拾团徽一边在草丛里搜索，不知不觉地来到那个防空洞的洞口。见到这个洞口时，他们不由得倒吸一口冷气。

"瞧！这里有好几枚团徽，大友肯定被关押在这个防空洞里！"

一个少年侦探指着洞口旁边的五六个团徽，轻声对同伴说道。

"我觉得关押大友的地方，肯定是这个防空洞。我隐蔽在这里监视，你赶快去附近的公共电话亭打电话报告小林团长。仅靠我俩潜入洞内营救大友，不仅失败的可能性大，相反还会把自己搭进去。最好是请小林团长通知中村警部，让警员来营救。"

说话的少年侦探，考虑非常周到，比大友细心，比大友冷静。他隐蔽在旁边的草丛里，监视洞口的动静。

另一个少年侦探为寻找公共电话亭，飞速朝大街方向跑去。

大友声音

　　一个小时后，也就是下午五点的时候，警员们朝防空洞涌来。

　　走在最前面的，是打电话报告小林团长的那个少年侦探。他的身后是小林团长，接着是中村警部和黑川记者，随后是六名全副武装、威风凛凛的警员。由于防空洞里漆黑一团，每人都带着一支手电筒。

　　"你们三个守卫洞口，一旦发现从洞里仓皇逃出的家伙立即逮捕。由于对手是隐形的，你们单凭眼睛监视可能会放跑对手。因此，在我们进入防空洞之后，赶紧用带来的绳索网住洞口。用它编成蜘蛛网那样，网眼越小越好。虽说我们肉眼看不见透明怪人，但他有身体。只要他的身体一碰上网绳，网绳就会晃动。那时候，你们必须扑上去捕获透明怪人。明白了吗？”

中村警部命令完毕，说"我第一个下去！"弯腰进入漆黑的防空洞里。被誉为"侦查狂"的中村警部，是一个名副其实的大胆警部。

第二个进入防空洞的是黑川记者，接着是小林团长和两个少年侦探，最后是三名警员。一行八人消失在黑漆漆的防空洞里。

走到洞底时，八人沿着直径四十厘米的小洞穴爬到一个比较大的洞穴里，他们将拦在那里的板门打开，没有发现大友的下落。

透明怪人是肉眼看不见的家伙，无法预估他是否还在防空洞里。奇怪的是，防空洞里竟一个人影也没有，空空荡荡的。

警方对防空洞里所有的房间展开搜查，最后搜查的是怪老人的研究室。令人不可思议的是，通向研究室的暗道和暗门全都敞开着。

　　研究室里也是一无所有，走进这个房间的中村警部和小林，当然不可能发现什么异常情况。可此刻的研究室，与大友当时看到的情形截然不同。橱架上的药瓶以及奇形怪状的器械等都消失殆尽，剩下的是一些不值钱的东西。怪老人也许得到警方要来的消息，悄悄溜走了。

　　面对如此宽敞的防空洞和气派的研究室，大家惊呆了，尤其没想到透明怪人竟然住在这里。由于房间里没有什么可以隐蔽的地方，警方只是例行公事将所有房间搜查了一遍。

　　"像这样的防空洞肯定还有出口！"

　　黑川记者找到一个小暗门。不过，在警方来之前就已经敞开了。

　　"瞧，这里面还有暗道，继续搜查！"

　　中村警部还是走在头里朝暗道纵深处走去。黑暗的洞窟里充满潮湿霉变的气味，刺鼻难闻。

　　八支手电在洞窟里晃来晃去，交叉的光束使得各种投影出现在地面上和墙上。这些投影时而重叠在一起，时而晃来晃去，给地下室增加了一种可怕的气氛。

"喂，是谁？刚才在我身边经过的是谁？"

小林大声询问。

"没有人在你身边经过呀！不是都在朝前面走吗？也没有人从对面过来呀！"

这是黑川记者的声音。

"可我的身体确实被什么东西碰了一下，随即好像朝我的身后去了。"

小林的这番感觉是真的。一个柔软物体与他擦肩而过，朝身后方向走去了。

"咦，刚才是从我身边经过的。感觉好像是人的身体。可我看不见对方。"

一位警员也嚷道。

接着，其他人也相继嚷嚷起来，纷纷说有物体在身边经过，但看不见。

透明怪人无疑还在这黑暗的地下室里，而且不止一个，仿佛海蜇在漂来漂去的，太恐怖了。

"小林，我在这里！我在这里！"

这时候，不知从哪里传出熟悉的声音。小林注意倾听，哦，那是大友的声音。大友也在这黑暗的地下室里，但方位还一时难以分辨。

"你是大友吧？你在哪里？"

小林将手电在黑暗里照来照去，抬高嗓门问道。

"是这里，我在这里。"

大友的声音从前面传来。小林赶紧朝前跑去。

于是，铁栅栏牢房出现在手电光里。这是关押猛兽的铁笼子，由粗钢筋焊接而成。大友的声音，好像是从铁笼里传出的。

小林和一个少年侦探赶紧跑到铁笼跟前，将手中的两支手电从铁笼的左侧慢慢地移向右侧，可铁笼里连大友的人影也没有。

"啊，你俩是小林和中村吧！我可给你们添麻烦了。这里有戴宽边眼镜的白发怪老人，是他把我弄成这样的。"

小林和中村吃惊地扫视周围。大友那熟悉的声音，确实就在耳边徘徊。可无论怎么寻找，就是看不见大友的身影。

"大友，你在哪里？"

"在这里，我在这里！就在你们跟前！就在这铁笼子里！"

接着，传出咚咚咚用手指关节叩击铁栅栏的声音。大友肯定在眼前，可就是找不到他。

小林和中村不知道大友已经被化学制剂弄成透明人，因此，每每听见大友的声音从空荡荡的铁笼子里传出，如同遇上妖怪似的，心里不由得一阵阵紧张。

寻找大友

　　小林与中村抓住铁笼上的铁棍，声嘶力竭地喊道："大友，你在铁笼里吗？"

　　小林用手电筒对着铁笼无论怎么照射，都没有找着大友的踪影。因此，他决定用喊话的方式来确定大友所在的方位。

　　"嗯，是在铁笼里！就在你们跟前。"

　　大友一边回答，一边用手指关节叩击铁栅栏。

　　"这里有一个戴宽边眼镜的怪老人，趁我睡着的时候把我制成了透明人，还扒光我身上的衣服，把我关押在这里。"

大友说到这里，都快哭出来了。

警员们也焦急起来，将手电灯光全集中到铁笼子里。可毕竟是手电灯光，苍白、微弱的光束无法驱走铁笼里的黑暗。这时候，黑暗的铁笼里又传出大友悲伤的喊声。

"大友，我们已经将地下室和所有通道全搜查了一遍，没有发现你说的那个怪老人。不过，我们总觉得有一个看不见的家伙在周围转来转去的。"

小林刚说完，大友接着说道："小林，在黑暗里转来转去的，是一号透明人、二号透明人和三号透明人。一号透明人，就是那个搅得东京不得安宁的家伙。二号透明人和三号透明人，还无法外出。这三个透明人都在这个防空洞里。"

"噢，照这么说，怪老人把你制成了四号透明人了！他接连制作这么多的透明人，究竟打算干什么？"

黑川记者站在小林的身边插话道。

大友接着回答说："哦，你是黑川记者吧！告诉你，戴宽边眼镜的怪老人正在制订更可怕的计划呢！他说要制作上千乃至上万的透明人。有了这么多的透明人，他就可以在这个世上无所不能，即便警员和军队也不是他的对手。听他这么一说，我吓得睡不着觉。"

黑川记者、中村警部、小林以及警员们，听大友这么一说，半晌没有开口。对于透明怪人军团的能力，大人们所猜想的根本没有超出大友说的范围。由此看来，透明怪人军团一旦诞生，其威力无疑远远超过原子弹、氢弹等武器。

眼下只出现一个透明怪人，警方已经伤透脑筋束手无策。黑暗里站着的警员们，想到不久的将来社会上将出现千千万万个透明人，心里顿时凉了半截。

中村警部担心起来，一旦出现透明怪人军团，受到危害的不只是日本而是整个世界。必须趁这一可怕计划还没有完全实现之前，立刻抓住怪老人，彻底粉碎他的这一阴谋。

"喂，谁在这里？"

突然，黑川记者大声嚷道。关押大友铁笼的正面有一个铁栅栏门，外面上了锁。黑川记者正巧站在铁栅栏门口。

　　警员们赶紧冲上前去，然而已经来不及了。铁栅栏门咔嚓一声开了，接着又是咔嚓一声关上了。

　　"是透明怪人！刚才，透明怪人打开牢门钻到铁笼里去了。"黑川记者嚷道。

　　这时候，铁笼里传出大友的叫嚷声："是谁？啊！你要干什么？"

　　刚才走到铁笼里的透明怪人，好像要对大友做什么。

　　"大友，你怎么啦？谁在你身边？"

　　中村警部大声吼道。与此同时，警员们的三支手电灯光在铁笼里照来射去的，可什么也没有看见。铁笼里还是空空荡荡的，接着传出"哎哟，哎哟……"痛苦的呻吟声。不是一个人，而是两个人重叠在一起的声音。

　　"大友，快回话呀！你怎么啦？"中村警部再度吼道。

　　"大友！""大友！"小林和两名少年侦探扯开

嗓门喊道。

可重叠在一起的两个人的呼吸声，越来越响。大友与透明人不停地喘着粗气，好像扭打在一起，如同两大串海蜇在黑暗里缠来缠去。

就在这时候，传来大友痛苦而又嘶哑的声音："啊，该死……这家伙是一号透明怪人……小林……一号透明人把……把我抓住，想把我带到另一个地方去。"

大友好像在拼命地拂去对方朝他嘴里塞的东西，不停地呼喊。"啊，救命！救命……"

突然，大友的声音消失了，嘴巴好像被捂住了。

"大友，我们现在就来救你，快打起精神来！"

中村警部一边喊，一边朝铁门旁边跑去。

可已经来不及了。就在这一刹那，似乎刮来一阵台风似的，铁门啪地开了。接着，柔软的大海蜇形状的东西出现了。那家伙一把推开黑川记者，飞一般朝黑暗里狂奔。

突如其来的撞击让黑川记者踉踉跄跄地朝后退了几步，撞在身后的警员身上。紧接着，黑川记者与警员一起倒在地上。

听到有人倒地的声音，小林和中村警部赶紧跑向那里。

"黑川记者，到底发生什么啦？"

"逃跑了！那家伙是朝那个方向逃跑的！透明怪人抱着大友把我推倒后，朝那里逃走了。你们快去追呀！"

中村警部扶起黑川记者后，赶紧顺着黑川记者手指的方向带头追了上去。于是，其他人也紧随其后晃着手电追上前去。

可对手是一个肉眼看不见的家伙，加之防空洞里又是漆黑一片。警员们的奔跑速度就算再快，也无济于事。最终，警员们没有追上透明怪人。无论他们怎么搜索，都没有发现透明怪人的踪迹。

无影无踪

　　参加搜索的人们，搜遍防空洞里所有房间后返回洞口。洞口被交织在一起的绳网封得严严实实的，透明怪人绝对不可能从这里出逃。再说洞口周围，还有三名荷枪实弹的警员正严阵以待。

　　"喂！你们这里没有发生异常情况吗？"

　　中村警部朝站在洞外的警员们大声问道。

　　"是的，没有异常情况。"

　　"绳索有没有动静？"

　　"没有一丝动静。"

　　倘若透明怪人从这里出逃，绳网肯定晃动。看来透明怪人没有逃出洞口。

怀抱大友的透明怪人，无疑还藏在防空洞里的某个地方。

"奇怪！我们已经仔细搜查了好几遍，没有发现透明人。这家伙究竟躲在什么地方？"

中村警部深感遗憾。站在一旁的黑川记者，斜着脑袋谈了自己的看法："中村警部，我刚才脑海里突然冒出这样一个想法。防空洞可能还有一个出入口。当然，是一个无人知晓的秘密出入口。狡猾的歹徒，不可能居住在只有一个出入口的防空洞里，所以可能还有一条通向洞外的秘密通道。假设怪老人已经逃之夭夭，就证明我的推断是合乎逻辑的。"

"嗯，有道理。可我们在防空洞里搜查得非常仔细，如果有另一条秘密通道，按理说应该能发现。"

"我们的搜查方法有漏洞。如果怪老人没有从这里出逃，无疑他还隐藏在防空洞里，或者说防空洞里还有另一个出入口。总之，两者必有其一。我建议大家再返回防空洞内展开搜索。"

于是，大家返回防空洞里，打着手电展开第二次搜索。

"啊，中村警部、黑川记者，请你们到这里来一下！"

小林在房间角落里大声嚷道，那里是化学实验室。

中村警部和黑川记者闻声朝那儿跑去。这时候，小林已经打开一个壁橱门，用手电对准壁橱里仔细搜寻。壁橱里堆放着木箱和空瓶等杂物，散乱的样子似乎被什么人踩过。

"你们瞧那个！"

小林将手电灯光对准下面的墙上，发现有许多大铁钉。

"像这样的铁钉，多半是用来踩着往天花板上面爬的？"

小林说完，将手电灯光顺着铁钉慢慢地移向天花板。发现有一块天花板朝左歪斜，旁边有间隙。

"怎么样？看清楚了吧？我爬上去。"

小林将手电塞入裤兜，手攀住上面的大铁钉，脚踩住下面的大铁钉，朝天花板爬去。小林用右手将那枚歪斜的天花板朝上一顶，出现一个正方形洞口。

小林从裤兜里取出手电，朝洞里照着观察一会儿。突然，高兴得大叫起来。

"果然是出口！瞧，洞穴一直向上延伸，洞壁还装着铁梯。"

洞穴很深，犹如一口枯井。洞壁装有往上攀爬的铁梯，可见壁橱顶便是这口枯井的井底。

"好，小林，你沿着铁梯爬到上面去看一下！我也跟在你后面上去。中村警部，你也上。"

黑川记者说完走到壁橱里。

小林在黑川记者的鼓舞下，抓住铁梯小心翼翼地向上爬。黑川记者和中村警部紧随其后。

沿铁梯爬了二十多步，小林的头顶与上面碰在一起，不能继续往上爬了。

"这里是洞顶，不能再往上爬了。"小林嚷道。

黑川记者从下面将手电灯光对准上面照了一会儿，说道："不会的，那里一定有盖子！你再用手使劲往上推推看！"

"啊，果然像你说的那样，盖子开了。"

那是铁盖子，很重。小林使出全身力气将铁盖向上推开后，强烈的光线射入洞内。这座枯井的井口在悬崖边，周围是草丛。井口附近还有一个深五米左右的土坑。小林他们沿着凹凸不平的坑壁，爬到地面。

"呵，这主意太妙了！从外表看是枯井，其实是秘密出入口。俯瞰枯井，由于铁板的缘故，以为是井底，绝对不会有人想到铁板下边居然还有秘密地道。"

黑川记者嘟嘟哝哝地说道，充满佩服的口吻。

怪老人也好，透明怪人们也好，无疑都是从这里出逃。如果能夹着大友沿铁梯向上爬，一定是力气最大的一号透明怪人。

中村警部在枯井周围搜索，觉得可能有怪老人和透明人留下的脚印。可丛生的野草里，什么线索也没有发现。他们究竟逃向哪里？根本无法判断。

警方派出的侦查组只发现透明怪人的贼窝，没能将怪人们一网打尽，也没能救出大友。

　　中村警部将六名部下分成两组，分别继续监视枯井口和防空洞口。他们坐上警车，与黑川记者一起返回警视厅。一路上，黑川记者凑在中村警部的耳边悄悄说道："中村警部，这是警视厅有史以来的一个大案。就是全日本的警员联合起来，也不一定能对付他们。要侦破这起大案，阻止怪老人的险恶计划，必须请高人助警方一臂之力。我想起一个人，如果他能出马，说不定能破获这起大案。"

　　"他是谁？"

　　"是明智小五郎，中村警部必须请他出马。我问过小林，他说明智大侦探正在忙着侦查一起大案，腾不出手来。可现在情况紧急，不是他推脱的时候。明智小五郎应该把手里的案件暂时放一下，全力以赴地协助警方。中村，你和明智大侦探不是好朋友吗？最好赶快请大侦探出马。"

　　"对，我也早就想过了。好，看来只有借助明智的智慧了。"

　　中村警部斩钉截铁地说道。

恫吓明智

　　这里是明智侦探事务所的所长室，满墙的书架上摆满了封面烫有金字标题的书籍。书架前面是一张大办公桌，明智大侦探正坐在桌前。办公桌表面光亮如镜，映照出明智大侦探那张富有光泽的脸。他身着黑色西装，系着浅咖啡色领带，三七开的发型，欧洲人模样的面相，表情显得十分严肃。

　　此刻，明智大侦探正在接听电话，嘴里不停地说："嗯，我想你肯定会打电话给我的。关于透明怪人这起大案，我已经研究好些日子了。这起案件，我一定会协助警方在最短的时间内侦破。好，我马上到你那里去。"

与中村警部电话沟通完毕，明智大侦探准备外出。刚过三分钟，桌上的电话铃又响了。他赶紧接听电话，对方说是从公共电话亭打来的，是一个声音嘶哑的陌生人。

"是明智大侦探事务所吗？请大侦探接电话。"

"我就是明智小五郎，请问您是谁？"

"我是你从现在开始的对手，你大概明白我说的意思了吧？"

"喂，你这么快就向我提出挑战，也太性急了！如果我没说错，你就是那个防空洞里的怪老人吧！"

"嘿嘿，不愧是大侦探，还真有一对顺风耳呢！想问你一句，你不珍惜自己的生命吗？"

"哈哈哈……这是恐吓威胁吗？这些话对我起不了任何作用。"

"你是说要跟我战斗到底？"

"不是战斗，而是撕开伪装在你身上的皮囊。完成这一任务，是不需要多少时间的。"

"哈哈哈……别说大话！明智，我刚才说的可不是恐吓，而是真的哟！你可能要倒霉，也有可能丧命，更有可能遭到从未有过的打击……像你这么优秀的大侦探，如果从这个世界上消失真是太可惜了。这是我的忠告，请别把它当作耳边风。怎么样？我希望你别插手这起案件。"

"哈哈哈……让我不插手？你再怎么说也是白费口舌。再说一年三百六十五天，我几乎每天都在忙碌。说不准哪天，我可能在某个地方拜见你。"

明智大侦探说完刚要挂电话，对方又传来震耳欲聋的叫喊声："喂，你别后悔哟！我要让你在地狱里受尽比死还要痛苦的折磨！你等着瞧吧……"

明智大侦探置若罔闻，笑着挂断了电话。

秘密房间

明智大侦探搁下话筒思索片刻，随即按桌上的呼叫铃通知用人说："请夫人来我这里！"

明智大侦探的夫人叫明智文代，长得非常漂亮。文代原来是明智大侦探的助手，在侦破吸血鬼大案中立了大功。该案侦破后，与明智大侦探结为夫妻。在破获地下魔术师的案件中，与怪盗二十面相斗智斗勇，并以胜利告终。她与明智大侦探志同道合，是一位热心于侦探事业的女性。

"有事吗？"

文代推开房门走到明智大侦探的身边，轻声

地问道。她身着一套天蓝色西装，浓眉大眼，笑靥如花。

"我决定参与侦查透明怪人一案，准备立即去警视厅中村警部那里。当我刚要出门的时候，透明怪人的首领打来电话，就是小林说的那个戴着宽边眼镜的怪老人。"

"他在电话里说了些什么？"

"他让我别插手，否则要我的命……这些家伙的威胁台词都差不多。"

文代是明智大侦探的夫人，难免为丈夫担心起来。

"那家伙是我们肉眼看不见的对手，与他们打交道非同寻常。听说这家伙非常狡猾残忍，作案手法十分隐蔽。说不定我俩现在说话的时候，透明怪人有可能已经潜入房间偷听了。你我千万不能掉以轻心！你还是把耳朵凑过来吧。"

文代把耳朵凑到明智大侦探的嘴边，明智大侦探轻声说了起来。

文代一边点头一边仔细听着，表情也变得严肃而又认真起来。看表情，夫妻间交谈的内容似乎非常重要。

耳语结束后，明智大侦探离开所长室，文代也跟着走了出去。来到走廊尽头最里面的一个房间时，明智大侦探背靠左墙说道："准备好了吗？夫人。紧跟在我后边进去。这样，透明怪人就钻不了空子了。"

明智大侦探伸出右手，按了一下旁边柱子上的隐蔽开关。

就在这一瞬间，不可思议的情况发生了。瞧，房间猛地摇晃起来。与此同时，明智大侦探的身影不知去向。

文代看到这一情况，没有丝毫紧张的神情。她也走到左墙边，伸出右手按一下旁边柱子上的隐蔽开关。于是，房间也开始摇晃，文代刹那间也无影无踪了。

明智大侦探多半也发明了使人体变透明的尖端技术？其实，并非那么回事。那是旋转墙面的装置发挥了作用，把他俩送到了一个秘密房间。

按下开关，墙面便产生一百八十度旋转。紧靠在墙面的人，也被旋转送入隔壁房间。这是明智侦探事务所的一个秘密房间，除明智夫妇俩没有其他人知道。

明智大侦探在密室里究竟干了些什么，无人知晓。

大约二十分钟过后，墙体连续旋转两次，先后出现了夫妻俩的身影。

"好了，我现在去一趟警视厅。"

明智大侦探说完，走出房间朝玄关走去，文代一直送到门口。

明智遇险

　　明智大侦探走出玄关，门口停着一辆经常接送他的出租车，司机也是老熟人。明智大侦探坐到后排座位上，说了一声"去警视厅"。然后，倚在靠背上开始闭目养神。司机踩上油门，车飞一般朝警视厅方向驶去。

　　沿着街角一连转了三个弯后，车驶入两侧都是围墙的住宅区。向前行驶大约五分钟的时候，前面横巷里冒出一辆自行车。奇怪！是一辆没有人骑的自行车。

　　司机赶紧踩刹车，可为时已晚。出租车由于惯性猛地撞上自行车，被撞飞的自行车飞向空中，旋即哐啷一声重重掉落在地上。与此同时，车架和车轮像散了架似的变形了。

出租车前面的保险杠也被撞弯了，发动机引擎也熄火了。

由于紧急刹车，明智大侦探身体猛地向前倾斜，脸险些撞上前排座位。

司机赶紧下车检查，随即走到自行车飞出的巷子那里望了一会儿。由于"肇事者"是一辆自行车，司机自认倒霉。

可奇怪的是，巷子里没有自行车车主模样的人，只有一个衣衫褴褛的叫花子，三十来岁，正跌跌撞撞地朝路口走来。

"喂，这辆自行车是你的吗？"

司机等到叫花子走到跟前，大声问道。

"不，不是我的。"

叫花子满脸惊诧。

"奇怪！这儿除了你没别人啊。那你有没有看见自行车？"

"呃，看见了……不过，我在那前面就看见了。"

"那，骑自行车的家伙到哪里去了？是朝后面逃走了吗？"

"不，没有人逃跑。一开始我就没看见自行车上有人。"

叫花子的这番话，令人难以置信。

"你是说没有人骑这辆自行车？那……难道它是自己动的？"

"虽说没有人骑着，可车速很快。像这样神奇的自行车，不管谁见了都会觉得不可思议。"

听叫花子这么一说，司机吓了一跳，不由得转过脸朝巷子里望去。这时候，明智大侦探也下车站在道路上望着司机。司机与明智大侦探相互对视一眼，点了点头。不用说，司机也早已知道东京出现一个透明怪人。再说他也察觉到，明智大侦探的警视厅之行也是为侦破透明怪人案。

"照这么说，刚才骑自行车的多半是透明怪人！这家伙横冲直撞，故意从巷子里飞出撞上我们，造成险况。"司机脸上露出胆怯的表情，轻声地说。

明智大侦探微微点头，没有吭声。不过，他内心还是大吃一惊。怪老人刚与自己通过电话，转眼间就拉开恶作剧的序幕。可他脸上的表情似乎显得非常平静，嘴角还堆满微笑。

如果刚才骑自行车的家伙是透明怪人，由于无法用肉眼发现他，既无法追赶也不抓不住他。司机无可奈何，让叫花子协助自己将散了架的自行车抬到路边，然后打开发动机盖进行检查。片刻，他咂了咂嘴说："发动机出故障了，撞得还真不轻呢！必须把车拖到修理厂检修。明智先生，对不起了，你还是叫另一辆出租车去警视厅吧！"

正巧这时候，迎面驶来一辆出租车，挡风玻璃内侧的电子牌上显示的是"空车"。

"明智先生，说曹操曹操到呢！瞧，是空车，你就乘那辆出租车去警视厅吧！"

司机说完，朝那辆出租车招手示意。车停了，明智大侦探二话没说，弯腰坐到后排座位上。可他万万没有想到，出乎意料的情况发生了。

说是出租车，这辆车却比出租车豪华。从外表看，似乎感觉不出什么，可车内座位非常宽敞，座套用料不仅是高级呢绒，还是崭新的。车内的装饰与普通出租车明显不同。

明智大侦探说了目的地，出租车便风驰电掣般地前行。途中一连转过好几个弯，周围开始显得冷清起来。不知不觉，出租车驶入一大片长满野草的空地上。

"喂，司机，你走错道了！去警视厅不需要经过这大片空地呀！"明智大侦探说。

司机转过脸，嘴里发出奇怪的笑声："哎嘿嘿嘿……你现在才察觉到吗？明智大侦探，你的大脑也太迟钝了吧！"

说完，出租车紧急刹住了。与此同时，司机又转过脸来，把黑乎乎的枪口对准明智大侦探，满脸凶神恶煞的表情。明智大侦探面对这突如其来的情况，不由得大吃一惊。

司机的脸是蜡制的，一对眼睛没有眼珠，黑漆漆的。透明的蜡制假面具，有着欧洲人般的五官，脸色显得十分苍白。

这辆车从外表看是出租车，其实是怪老人的轿车。怪老人故意让自行车与明智大侦探乘坐的汽车相撞，造成汽车故障，再将自己的车伪装成空出租车，引诱明智大侦探上钩。遗憾的是，明智大侦探中了怪老人的奸计。

但明智大侦探没有惊慌失措，而是若无其事地靠在座位上，紧盯着蜡脸。也许他在等待对手出现破绽，后发制人。

可这时候，不可思议的事情又发生了。

明智大侦探的座位靠背突然向前倾倒，明智大侦探惊奇地转过脸来，座位背后出现了一个箱形木偶的人脸。那张人脸也是蜡制的，那家伙正握着铮亮的手枪，枪口紧紧抵住明智大侦探的背部。

明智大侦探处在被前后夹击的态势。并且，这两个对手都是头戴蜡制面具的透明怪人，他们多半是怪老人制作的一号透明怪人和二号透明怪人。

此时此刻，明智大侦探已经成了瓮中之鳖。周围是无人的荒地，不可能有人前来救助。如果稍有反抗的迹象，两颗子弹就有可能同时飞入体内。在这种敌我力量悬殊的情况下，只有好汉不吃眼前亏，保持沉默才是上策。

"嘿嘿嘿……大侦探先生，我们老大和和气气地给你打电话，请你别多管闲事，可你偏不听非要去警视厅。告诉你，这是老天爷给你的惩罚。像你这样的侦探，智商怎么可能超过我们老大！瞧你现在这副可怜相，真为你感到害臊。警告你别乱动，枪可是要走火的哟！嘿嘿嘿……"

背后的透明怪人用枪抵住明智大侦探的背部，摆出随时扣动扳机的态势。那个坐在驾驶席上的透明怪人，从座位中间来到明智大侦探跟前。那张苍白的蜡脸，朝明智大侦探的眼前靠近。

"对不起，要让你受一点委屈。不过，时间不长，希望你忍耐一下。"

话音刚落，明智大侦探顿感眼前一片漆黑，两只眼睛被一块黑布蒙住。接着，明智大侦探的身上缠绕起绳索，连同手脚一起被绑了起来。就这样，明智大侦探成了怪老人的阶下囚。

异想天开

明智大侦探眼睛被蒙住了，无法看清周围的情况，只能凭感觉猜测。轿车启动了，奔驰了大约二十分钟后停下。车门打开后，被五花大绑的明智大侦探由两个透明怪人押着走出轿车，走进一幢别墅。接着穿过一条很长的走廊，来到房间里，随后被按在了安乐椅上。

两个透明人像一阵风似的走出房间，房间里静悄悄的。少顷，好像有人走过来，解开蒙在明智大侦探眼睛上的黑布。

"啊哈哈哈……明智，让你受委屈了！我一直想拜见你，可没想到这么快就见到你了。"

说话的是怪老人。一头白发，银须一直垂到胸前。高高的鹰钩鼻子上架着宽边眼镜，背后是一双狡黠的眼睛，闪烁异样的光。

他身上披着黑色长袍，两手背在身后，整个身体稍稍前倾，酷似高深莫测的老魔术师。

房间的布置属于欧洲格调，要是在过去，应该算作豪华型装饰。可用现在的眼光来看，不但算不上豪华，相反让人觉得有几分凄凉。房间里笼罩着阴森森的氛围，好像已经很长时间没有人居住了，除桌子和椅子外没有任何家具，墙边有复古精美的大型壁炉。

怪老人在明智大侦探坐着的安乐椅周围晃来晃去，踱着方步，嘴里不停地说着："明智，我是一个从不撒谎的人。我在电话里警告过你，苦口婆心地劝你别插手。可你把我的话当耳边风，执意去什么警视厅。你落得这样的下场，完全是咎由自取。现在，你该知道我的厉害了吧！明智先生，谈谈你的体会吧，只言片语也行。"

明智大侦探一声不吭，两眼紧盯着怪老人的脸。由于手脚被绳索勒得无法动弹，他完全处于被动状态。眼下说什么也是白搭，干脆不说为好。

"明智，你大概已经知道我的远大抱负了吧？我将坚定不移地把地球人改变成透明人，先改变一百个或者一千个。不！先改变一万个，组成一个由透明人组成的军团。你也可以考虑一下，希望你也能参与。我要让这群看不见的透明人军团，轰动整个日本，乃至整个世界。拥有这支天下无敌的透明人军团，我可以在日本为所欲为。我每天只要这么一想，心情就会无比的兴奋。"

怪老人越说越起劲，一边大谈他的天方夜谭，一边在明智大侦探的周围晃来晃去。

"从现在起，我必须加快这一伟大计划的实施步伐。若稍放慢速度，类似你这样的障碍物就有可能出现。现在，我已经成功地制作了四个透明人。即一号透明人、二号透明人、三号透明人、四号透明人。就像你知道的那样，四号透明人是一个少年，一个活泼可爱的少年，他叫大友，现在已经成了透明人。

"下一步，我打算制作五号透明人。你猜猜看，这五号透明人是谁？嘿嘿嘿……明智，你找到答案了吗？除了你还有谁呀？要不了多久，我将向全日本隆重推出透明大侦探。到那时候，你就是我忠实的部下。明白了吗？当然，不光是你，我还要制作六号透明人、七号透明人。你猜一下他们是谁？哈哈哈……中村警部、黑川记者，还有你最喜欢的小林，他们都将先后成为透明人，成为我忠实的部下。啊哈哈……高兴，太高兴了。我还没有想到，我的这项大发明竟然能使我这么高兴。喂，明智先生，你不害怕吗？要不了一会儿工夫，你的身体将从这个世界上消失，变成空气那样透明。从今往后，透明大侦探将由我出品。明智先生，一旦成为透明人，将不再恢复到你现在的模样。哈哈哈……"

怪老人边说边狂笑，简直像一个刚从疯人院出来的疯子，脸上充满得意忘形的表情。

我们的大侦探，真的就这样甘拜下风，任凭怪老人摆布？他甘愿成为怪老人的透明人吗？

　　无论怪老人如何狂笑，明智大侦探仍然一声不吭，保持沉默。从他脸上的表情看，似乎对怪老人的话不屑一顾，压根儿没往心里去。

　　久经沙场的明智大侦探，理应有高超的智慧。也许他正在思考我们意想不到的对策？或许已经准备了对付怪老人的绝招？

威胁广告

　　且说在警视厅侦破透明怪人的专案组办公室里，中村警部、黑川记者和小林等，正焦急地等待明智大侦探的到来。可等了好长时间，还是不见明智大侦探。

　　中村警部觉得奇怪，连忙打电话到明智侦探事务所寻问。得到的回答是，明智大侦探于一小时前就坐车离开事务所了。

　　中村警部把这一情况告诉大家，黑川记者和小林不由得面面相觑。

　　"既然是坐车，那路上只需十五分钟就能到达这里。我觉得有点奇怪，莫非途中出什么事了？说不定透明怪人与明智大侦探在途中撞上了？"

黑川记者说完，小林不免为先生的安危担忧起来，再也按捺不住焦急的心情。

"我去事务所，过一会儿就来，我向送先生的司机打听一下。"

说完，小林三步并作两步地离开了。

"等一等，你一个人去我不放心，我也去。中村，你也去吧？"

黑川记者望着中村警部的脸，征求他的意见。中村警部点点头，站起来朝门外走去。

接着，中村警部、黑川记者和小林一起坐上警车，急忙朝同一个区内的明智侦探事务所驶去。这时候，黄昏已悄悄来临。

"好，停车！熄灭车灯后在这里等我们。"

中村警部命令司机。这里与明智侦探事务所门前隔有相当一段距离，中村警部故意命令车停在这里。平时，中村警部也是这样命令司机的。他用这样的方法在侦查活动中屡屡得手，取得了很好的效果。

这条光线暗淡的街道，一路上有许多空地。三个人蹑手蹑脚地走着，尽量不让皮鞋跟发出响声。

就在这时，奇怪的现象发生了。

昏暗中蹿出一个红色物体。

三个人不约而同地停下脚步，瞪大眼睛注视。那红色物体渐渐走来，模样越来越清楚地展现在他们的眼前。原来，那是身着漂亮小丑服装的三明治推销员。

小丑的服装是红白条纹相间的，十分肥大。帽子也是相同的花纹和颜色，但顶部很尖。脸上涂有一层厚厚的化妆粉，脸颊两边各画了一个红色实心圆。胸前和背上，分别挂着一块为某食品店推销三明治的广告牌。

傍晚时分，在这条几乎没有行人的偏僻街道上，居然站着三明治推销员。三个人望着这一情景，百思不得其解。更不可思议的是，那个穿小丑服装的人竟然一阵风似的朝中村警部的跟前靠近，把一张广告纸递到中村警部跟前。

中村警部吃了一惊，朝小丑狠狠地瞪了一眼。但转而一想不如了解一下到底是怎么回事，便伸出手接过广告纸。只见小丑转过身，一阵风似的走了，消失在茫茫的黑暗中。

中村警部走到路灯下，摊开广告纸仔细阅读。

这是一封用圆珠笔写的信。

中村警部台启：

明智小五郎正躺在某个房间的手术台上，整形医师正在为他进行手术。不一会儿，他也将成为透明怪人。他的身体将变得像玻璃那样透明。请你记住，不管什么人，只要胆敢跟我作对，其下场都将和明智大侦探一样，加入透明怪人的大家族。也请你以及站在你身边的那几位好自为之。

此致

敬礼！

透明怪人大家族首领　敬上

"快追上去抓住他！就是那个小丑。"

中村警部焦急地大声吼道，自己也撒开双腿追去。黑川记者和小林不清楚信上究竟写了一些什么，莫名其妙地跟在中村警部的身后奔跑起来。他俩一边追，一边听中村警部介绍信上的内容。

"果然不出所料！先生遭到了透明怪人的绑架。"

小林伤心地嚷道。

"那个送信的小丑肯定也是透明怪人。中村警部，你还记得小丑的长相吗？黑漆漆的眼眶里没有眼珠，脸上没有任何表情。要我说呀，那一定是蜡制假面具。记得吗？那面具上好像涂满了白色的粉底。"

黑川记者气喘吁吁地说着。

他们来到熄灭车灯的警车旁边，朝车里窥视。奇怪！司机不见了。司机到哪里去了？三个人呆若木鸡地站在那里，紧张地环视周围。

紧急通知

突然，他们发现司机独自一人站在前面的街角处。司机转过脸朝着他们不停地打着手势。说是司机，其实也是警员。莫非他发现了路过的小丑？

他们跑到街角，司机指着不远处的公共电话亭压低嗓门说："刚才有一个可疑的家伙闯入电话亭。站在这里可以看见他的背影。"

公共电话亭旁边，有一盏光线微弱的路灯。灯光下，电话亭里显得模模糊糊的。那个小丑模样的家伙，在里面悠闲地摇晃着身体。

"别让他发现我们！我们从四个方向包抄过去。"

根据中村警部的命令，黑川记者、小林和司机警员各自沿着遮掩物侧面，从前后左右方向朝电话亭逼近。

小林个头矮小，动作灵活，第一个来到电话亭边上。他双目凝视，隔着玻璃观察电话亭里的动静。

果然像司机警员说的那样，电话亭里的家伙正是刚才那个小丑。头戴红白相间的尖顶帽，稍稍弯着腰与小林对视。那张苍白的脸似乎贴在玻璃上，眼睛一眨不眨地盯着小林。

确实是一张蜡制的脸。两只眼睛黑漆漆的，眉毛和嘴巴丝毫不见动弹。这不是一张活人的脸。

其余三人也从三个方向来到公共电话亭。这时候，电话亭已处在包围之中。站在门口的，是中村警部。

小丑此刻已经是瓮中之鳖，不可能再度逃之夭夭。

中村警部把手搭在门的把手上，一连转了好几下，门把手一动不动。通常，公共电话亭的门上不可能装着锁。除非小丑在里面死死地拽着，不让门朝外开。

"喂，快开门！你已经无路可走了。再不开，我可要砸门了！"

中村警部厉声喝道。

小丑的脸开始摇晃，朝着门口方向摇晃。两只黑漆漆的大眼睛透过玻璃目不转睛地盯着中村警部。

"嘻嘻嘻……我可以从这里逃走的哟！想看一下我是怎么逃走的吗？快砸玻璃呀！"

小丑的说话声，从公共电话亭里向外面传来，声音很轻。嘴巴在蜡制面具背后，故而看不出在蠕动，只有声音透过玻璃向外面传来。

瓮中之鳖的小丑居然如此狂妄，中村警部再也忍耐不住了。他用身体猛地朝门上撞去，只听哐啷一声巨响，四分五裂的玻璃稀里哗啦地掉落在地上。铝合金框架上的铰链也随之断开。

紧接着，中村警部和司机警员将损坏的门向外拽出。可都这时了，小丑仍然站在原来的位置上，继续发出嘿嘿嘿的奸笑声。

瞧他那副模样，并没有逃跑的迹象。

司机警员猛地扑上去摁住小丑，谁知，司机警员啊地大叫一声，朝前倒在公共电话亭里。

"怎么啦？"

"这，这家伙怎么没有身体，只有衣服？"

司机警员好不容易从地上爬起来，抓起小丑服装。

尖顶帽子的下端粘着蜡制面具，蜡制面具下端粘着小丑服装和广告牌。尖顶帽子的顶端系有一根细绳，细绳的另一端垂挂在公共电话亭的天花板上。一直到刚才还在说说笑笑的小丑，瞬间只剩下衣服。

这变化速度之快，令人难以置信。从撞门到开门短短几秒钟的时间，透明怪人却已经烟雾般地消失了，只留下帽子和衣服。由于肉眼看不见透明怪人，无论怎样也抓不住他。纵然他就在你身边，你也无法看见他，更谈不上抓他了。

"哦，在那里！是朝那里逃走了。"

黑川记者一边叫嚷，一边朝黑暗里追去。顿

时，其他三人也紧随其后追上去。

"哎嘿嘿嘿……快追呀，快追呀……"

前面二十多米的黑暗里，传来透明怪人嘲笑的声音。渐渐的，声音越来越轻，越来越远。

"别追了！再追也是白费劲。黑川，就这样吧！"

中村警部说完返回原来的公共电话亭，捡起地上的小丑服装。他打算把这作为证据带回警视厅。他用刀割断悬挂在天花板上的细绳，把尖顶帽、小丑服和蜡制面具捏成一团夹在腋下。就在这时候，他突然发现地上有一张纸，纸上面好像有字。他拾起纸片，借助路灯灯光仔细看了起来。

紧急通知

中村警部、黑川记者、小林：

你们最好留心一下明智夫人，她将成为美丽的六号透明人。也许明天，明智夫妇将成为天下第一对透明夫妇。

特此通知！

透明怪人大家族首领

望着中村警部紧锁的眉头，小林眼疾手快，从中村警部手中一把夺过纸片看了起来。霎时，小林惊呆了，极度的担忧和不安使他情不自禁地一把抓住中村警部的手腕，说："快，快！夫人有危险，快去事务所。"

保卫文代

　　很快，警车停靠在明智侦探事务所的附近。片刻，中村警部和黑川记者被请进宽敞的客厅里。他们和小林一起围着明智夫人，坐在椅子上交谈起来。客厅在一楼，门朝着走廊，所有窗帘都拉上了。大吊灯和落地台灯的灯光被调节到最弱，客厅里光线暗淡。文代女士把双手放在桌上，说道："刚才接到小林的电话后，我找来那个送明智先生去警视厅的包车司机了解了一下。看来，明智大侦探肯定遭到绑架了。据说，当时驶来一辆出租车，没想到竟然是贼车。"

文代女士把当时的情况，详细地叙述一遍。

"那辆可疑的出租车车牌号码，你知道吗？"中村警部问道。

"司机当时急于修理被撞坏的车，没有注意那辆出租车的牌照号码。"

"原来是这么回事。我把那辆出租车的车型和颜色报告上级，让警视厅通知所有的警务站和派出所沿街设卡盘查。"

中村警部说完立即拿起电话听筒，一边按警视厅的号码，一边听文代女士讲述出租车的车型和颜色。在与警视厅的上级领导通完电话后，中村警部挂断了电话。就在这时候，一阵急促的电话铃响了。

小林一把拿起听筒放在耳边，谁知他脸色骤变，大声嚷道："中村警部，这声音太可怕了！还是请你听吧！"

小林把听筒交给中村警部。

"你们磨磨蹭蹭地在干什么呀？文代女士在吗？快让她接电话！"

声音嘶哑、低沉、粗鲁。

"你到底是谁？"中村警部说话语气异常的平静。

"反正谁接电话都一样。不过，如果是文代女士接电话，她一听到我的声音就能知道我是谁。我看，你还是让文代女士接电话吧！"

"你要是再不说出你的姓名，我可要挂电话了哟！快说！"

"我正要问你呢，你快说出你叫什么？现在这时候，明智侦探事务所应该没有男侦探呀！"

"我是警视厅的中村。刚才的三明治推销员不就是你吗！你留下的那张恐吓纸条，我也拜读了。"

"啊哈哈哈……中村警部，你真是一个侦查狂！可你遇上透明怪人，想狂也狂不起来了。怎么样，感到为难了吧？我是透明怪人的创造者，是透明怪人之父。明智大侦探经过我的魔法造化，已经变成我的部下。想看吗？我正在为他做手术呢。一般来说，他明天就可以成为透明人了。下一个目标是文代女士，我也将为她做手术。明智先生变成透明人，而夫人停留在原来的模样，岂不孤独吗？因此，我决定让她与明智先生一起成为透明夫妻。明白我说的意思了吗？今天晚上我来接文代女士去我那里。你这个侦查狂警部，哪怕寸步不离地保护文代女士也是枉费心机。我带领的部下都是透明怪人，你们人类的肉眼根本看不见，休想战胜我制造的透明怪人家族。好了，请代我向文代女士问好。再见！

"噢，还有一件事，得事先跟你说一下，可以替你节省调查时间。我是在涩谷某公共电话亭里打电话给你的，我的住址可是离涩谷很远的地方。好了，侦查狂警部，再见！"

对方旁若无人地说了一大堆，随即把电话挂断了。不用说，打电话的人是怪老人。中村警部不得不放下听筒，气得咬牙切齿。

由于文代女士已经成了歹徒的下一个目标，当务之急是商量保护文代女士的办法。他们商定：小林守在文代女士的周围，中村警部和黑川记者今晚在明智侦探事务所留宿，请警视厅派三名身强力壮的警员在房间门口站岗，再调数名警员在明智侦探事务所的大楼周围巡逻。

接着，中村警部与警视厅取得联系，得到上级的批准。

"夫人，你用不着担心。像这样的防范措施，你肯定平安无事。再说我们三人都不离开你身边，请你放心！"

中村警部说。文代女士脸上露出毫无畏惧的表情，斩钉截铁地答道："谢谢你的关心，有你们的保护，我心里很踏实。不过，我请求你们尽快把明智先生解救出来。我现在最担心的不是我自己，而是我的丈夫。"

"你的心情我们非常理解。专案组里有好几名警部，还有好几名优秀的警员。另外，警视厅的下属以及所有的派出所、警务站，都在全力以赴，我想一定能救出明智大侦探的。"

中村警部给文代女士鼓劲，语气铿锵有力。

就在这时，奇怪的事情发生了。

拉上窗帘的窗玻璃闪电般地亮了起来。这扇窗朝着大楼对面的一条路，平时夜间经过的车辆在转弯时，车灯经常会照亮窗玻璃。文代女士和小林都以为是车灯的灯光，并没有把它放在心上。奇怪的是，灯光迟迟不见熄灭，是白颜色的灯光。

奇怪！大家都警觉起来。少顷，被灯光照成白色的窗帘上出现一个朦朦胧胧的影子。

瞧，又是那可怕的怪物影子！头发蓬乱不堪，鹰钩鼻，月牙大嘴。这是透明怪人脸的侧面。怪物上身光着膀子，体形比普通人大很多，在窗帘上晃来晃去。

"哎嘿嘿嘿……"

声音透过玻璃传入房间，夹杂着嘲笑的口吻。

哐当！传来椅子倒地的响声，只见黑川记者站起身朝映照着影子的窗帘猛扑过去。

文代失踪

　　像以往那样，即便打开窗子也无法看见影子究竟来自哪里。黑川记者咂咂嘴，垂头丧气地返回到座位上。

　　到了晚上十点钟的时候，文代女士进入卧室上床睡觉。小林回到左侧自己的卧室，中村警部和黑川记者则进入文代女士房间右侧的客用卧室。三个身强力壮的警员则彻夜守卫。两名警员在后面的院子里站岗，一名警员守卫玄关。

　　侦探事务所所在的居民区非常偏僻、冷清。随着夜色越来越黑，远处不停地传来声音。可大楼周围却仿佛一片黑漆漆的森林，鸦雀无声。

半夜十二点刚过，侦探事务所后院发生了出乎意料的怪事。

侦探事务所有双重作用，除处理侦探事务外，还是明智大侦探的住宅。住宅后面的院子大约有一百平方米，有许多参天大树。两名警员把椅子搬到茂密的树林里，坐在那里透过树枝间隙监视周围动静。不过，他们还得时常轮流去围墙外巡逻。

后院和外面的道路之间有围墙，但不很高。围墙那里有边门，门外的水泥电线杆上有一盏路灯，微弱的路灯把院子照得朦朦胧胧的。

一名警员离开椅子，穿过院子打开边门，朝门外跨出一步。突然，他浑身不由自主地颤抖了一下。

由于后院外面的道路十分冷清，加之深更半夜，不可能有行人。可距离边门外最近的电线杆旁边，确实站着一个人。他上身穿着红色衣服，活像人一般高大的木偶。

警员与那个大木偶之间的距离，大约有二十米。两者面面相觑，僵持了好长一段时间。警员越看越觉得对方不是木偶，是一个人，是一个身着红白相间衣服的小丑。

"呵，一定是那个家伙！一定是今天傍晚在电话亭里消失的小丑。"

警员恍然大悟，猛地甩开大步朝小丑扑去。刚才还是呆若木鸡的小丑，转眼间一溜烟地狂奔起来，拼命逃窜。

警员一边追，一边吹起了哨子。坐在椅子上监视后院动静的警员，一听到哨声也赶紧追了出去。这时候，小丑与身后的警员之间的距离已经拉开五十米左右。看样子，再怎么奔跑也是追不上小丑的。

在前面追赶的警员似乎后悔自己的奔跑速度太慢，眼看小丑就要溜之大吉。警员喘着粗气，咬牙切齿地掏出手枪。就在这一瞬间，小丑与警员之间的距离拉得更大了。一连转过三个街角后，小丑似乎想起什么，猛地停住脚步。

在小丑前面的黑暗处闪烁着两道手电灯光，那是两个身穿制服的巡逻警员。他们听到哨声后赶紧拦截小丑。

"好极了！"

警员不由得暗自叫道，猛地跑到小丑跟前，用柔道动作将对手摔倒在地，随后压在他身上将其制服。

"你就是透明怪人，你已经逃不走了。"

警员说完，欲一把摘下小丑脸上的蜡制面具。那家伙赶紧用手捂住脸，那不是面具，是一张真正的脸！

"咦？你肯定是透明人！"

"我不是透明人，是街头艺人。可我什么坏事也没有做过，快放开我……"

被按倒在地的小丑，泣不成声地说着。

"深更半夜的，你为什么要站在这里？"

"我是受人之托。"

"受人之托？你受谁的委托？"

"我不知道他是谁。三小时前，我在路上遇到一位先生。他给了我一万日元，命令我站在刚才的围墙外面。还说如果警方朝你扑来，你就赶紧逃离，跑得越快越好。因为报酬是一万日元，再说也不需要花费多大的力气，我就答应了。"

警员用手电灯光对准小丑仔细打量，这家伙确实像一个糊涂虫，只要给他一万日元就可以听从别人的指挥。看他这般模样，听他这般说法，不像撒谎。

可如果他所说的是真话，那个人又为什么要让他扮演这样的角色呢？警员歪着脑袋陷入沉思。

"这样吧，先把他带到中村警部那里再说。这里面肯定有不可告人的阴谋。"

于是，压在小丑身上的警员站起身，将犯罪嫌疑人拽起来，抓住他的手腕带回了明智侦探事务所。

走到事务所边门的时候，黑川记者似乎站在那里已经等候多时。

"怎么回事？我觉得边门外面声音嘈杂，便爬起床到这里看个究竟。"

"哦，你是黑川记者吗？这家伙说什么有人委托他站在路灯旁边。我以为他就是透明怪人打扮成的小丑，便追了上去。这家伙拼命逃跑，追得我满头大汗。"

警员把刚才从发现到追赶的全部经过，对黑川记者说了一遍。

"我觉得还是请中村警部进一步审讯，便把他带来了。"

"好，中村警部好像很劳累，睡得正香呢！我现在去喊醒中村警部，让他到这里来。"

黑川记者说完消失在漆黑的后院。那里又发生了不可思议的事情。擅长魔法的怪老人使用了惊人的魔法。

黑线追踪

　　明智夫人和大家告别后，回到自己的卧室睡觉。可一想到透明怪人口口声声要在今晚上门绑架自己，便躺在床上辗转反侧，怎么也睡不着。以防万一，文代没有脱去外套，瞪大眼睛望着天花板，竖起两耳注意周围的动静。

　　右侧卧室里躺着中村警部和黑川记者，左侧卧室里躺着小林。一旦发生可疑情况，只要喊一下，他们三人就会赶来救助。虽说防范措施已经做到万无一失，可文代女士仍然放心不下。

　　就在这时候，后院边门那里响起哨声。听这哨声，好像是警员的专用哨子。一名警员发现可疑的小丑后，一边追赶一边吹哨子。可这一情况，文代女士一点也不清楚，还以为透明怪人已经潜入事务所，心跳猛然间加快。她赶紧坐在床上仔细倾听。

哨声像信号似的，门无声地开了。文代女士定睛一看，门外站着中村警部和黑川记者，表情十分严肃。

文代女士吃了一惊，真想说什么。只见他俩不约而同地用右手食指放在嘴边，示意文代女士别说话，还不断地挥着左手示意她到门口来。

文代女士仿佛做梦似的，一看见他俩朝自己打手势，赶紧下床。好在她是穿着外套上床睡觉的，于是她穿上鞋子朝他俩跟前走去。

"这房间危险，最好转移到安全地方。情况万分紧急，没有时间解释，等到了安全地方再说。"

中村警部凑在文代女士的耳边轻轻说道。文代女士也来不及细想，被他俩各牵着一只手朝后院走去。

正巧这时候，后院围墙外发生了奇怪的事情。

两名警员匆匆忙忙地去追赶可疑的小丑，忘记将边门关上。突然，有一个小不点黑影嗖地溜出门口，朝着与小丑逃窜的相反方向疾跑。为避免被人发现，他紧贴着围墙逃窜。

奔跑了一百米左右，他来到一个街角处。那里的路边停着一辆轿车，车内外的灯没有打开，司机坐在驾驶席上，看不清楚长什么模样。

小不点黑影手提一只方铁罐来到轿车尾部，一骨碌钻到轿车底盘下面。片刻，小不点黑影从车底盘下钻出，迅速跑到旁边的电线杆后面隐蔽起来。奇怪的是，小不点黑影手中的铁罐不见了。

就在小不点黑影刚隐蔽好自己的时候，从侦探事务所方向走来三个大人，脚步匆匆。被夹在中间的好像是一个女的，走在两边的是两个男的，各拽着女人的一只手。他们走到轿车跟前，迅速打开车门，一个接一个地坐到后排座位上。

目送着轿车消失在黑暗里，小不点黑影从电线杆后面闪出，三步并作两步地朝事务所跑去。就在这时，路灯灯光将他照得一清二楚，小不点黑影是小林，是少年侦探小林芳雄。瞧他奔跑和钻车底的模样，比猴子还要灵活，比野猫还要敏捷。

小林钻入轿车底下究竟干了一些什么？他手里提的那只铁罐究竟作何用处？小林不可思议的举止，意味着少年侦探团侦查贼窝的行动拉开了序幕。

且说消失在黑暗中的那辆轿车，风驰电掣般地行驶在昏暗的大街上。后排座位上坐着小林看到的三个黑影，文代女士、中村警部和黑川记者。

当轿车驶离路边的时候，文代女士如梦方醒，随着啊的惊叫开始挣扎，欲逃出车外。

一直以保护者出现的中村警部和黑川记者，竟做出反常的举动。

黑川记者将一块湿漉漉的白色手巾蒙在文代女士的嘴上，将其紧紧堵住。中村警部则使劲按住文代女士的手臂，不让她动弹。

两个男子从前后两侧用力，以致手无缚鸡之力的文代女士难以挣脱。嘴被手巾蒙得无法喊出声音，鼻孔里　个劲儿地喘着粗气。

这到底是怎么回事？为保护文代女士而借宿事务所的中村警部和黑川记者，怎么瞬间变成坏人？他俩打算把文代女士带往哪里？难道他俩也因怪老人的妖法缠身而变成帮凶？

黑川记者用白手巾蒙住文代女士的嘴巴，右手则搭在车门上摆出准备开门下车的架势。

"怎么样？没什么问题了吧？那就拜托你了！"

他对中村警部说完啪地推开车门，下车消失在夜幕里。

文代女士被带到一个无人知晓的地方，实施绑架行为的是中村警部和黑川记者。小林是目击者却没有上前救助，只是将铁罐挂在轿车底盘上而已。这到底是为什么？

谜团接踵而来，犹如一层又一层乌云覆盖着黑暗的大地。不过，谜底终将解开，乌云终将散去。

就在这天晚上，在另一个地方也发生了一起怪事。

建筑废墟

就在绑架文代女士的轿车飞速驶离路边的时候，港区附近的废墟空地上有两名正在巡查的警员。

"这一带连像样的房屋也没有，乱七八糟。"

"是呵，虽说属于咱们的巡逻区域，可不瞒你说，我最讨厌这一带。尤其那幢被火烧过的大楼，总给人一种怪怪的感觉。有人说'那里面有人居住，经常有新面孔出现'，还有人说'这一带是歹徒的贼窝'。"

"说是歹徒的窝点很有可能。像这样的建筑废墟，肯定容易被歹徒利用。"

"是的。每逢我值班的时候，特别注意这幢建筑废墟。瞧，那里好像有情况？瞧那里的墙面上，好像有一个黑影在往下爬？"

两名警员不约而同地停住脚步。

那是一幢曾经发生过火灾的三层建筑，犹如黑色烟囱矗立在空地上。外墙的彩色墙面砖已经斑驳。可建筑废墟内部好像被修整清扫了一番，成了一家公司的办公地点兼宿舍楼。

三楼窗户敞开着，黑影好像是从那里爬出的。黑影沿着墙面上的雨水管向下爬。深更半夜，形迹十分可疑。

居住在里面的人不可能爬雨水管上下或进出，可见黑影多半是盗贼？

两名警员蹑手蹑脚地朝那里靠近，尽量不让对方察觉。沿着雨水管往下爬的男子，像飞檐走壁的杂技演员，动作灵敏并且迅速。由于黑影把注意力全集中在雨水管上，全然没有注意到两位警员正在地面等他。

男子爬到距离地面还有两米的时候，松开手纵身跳到地上。由于没有站稳而身体晃了几下，就在这时，站在他身后的警员猛扑上去将他抱住。

"快说！你在这幢大楼里干了什么坏事？"

警员大声喝道。

"嘘——别嚷！"

男子既不在乎也不慌张，而是用上级训斥下级的口气指使警员别吱声，随后，指挥警员一起迅速离开这幢建筑。

走到一间临时木板房里，可疑男子开始说话，语气十分平静。

"失敬，失敬，让你们受惊了。你们大概不认识我吧？带手电筒了吗？请打开灯光照着我的脸辨认一下！"

警员赶紧打开手电筒照着男子的脸打量。片刻，他们似乎想起了什么，不由地倒退一步，而后毕恭毕敬地问道："你是明智先生吧！我曾在警视厅里见过你。"

"是的，我是明智小五郎。"

"明智先生，你这时候怎么会出现在这里……"

"说来话长。你们大概听说了吧？我遭到透明怪人团伙的绑架。那幢烧毁的大楼，其实是那伙歹徒的大本营。"

"啊，果然不出我们所料。照这么说，透明怪人还在那幢建筑物里？"

"是的。我是费尽周折从窗户那里出逃的。可他们一旦发现我逃离，一定会迅速转移。要将他们一网打尽，动作一定要迅速。可光你们两个警员，是对付不了他们的。请你们尽快与警视厅的中村警部取得联系，我想与他商定将歹徒一网打尽的方案。"

"明白了，明智先生，请来我们的警署，在那里给中村警部打电话。我们到警署后马上向署长汇报。"

他们三人沿着没有行人的大街，朝附近的警署疾跑。

首领落网

从警署打电话到警视厅，方知"透明怪人专案组"的组长中村警部今晚留守在明智侦探事务所。中村警部接到电话，立即赶到警署与明智大侦探见面。

警署署长和明智大侦探边交谈边等候。不一会儿，中村警部带着两名警员驾车赶来了。

"你好，明智，没受什么伤吧！那些家伙还在那幢烧毁的大楼里吗？"

中村警部握着明智大侦探的手，像两个久别重逢的朋友。

"如果他知道我已经出逃，也许会逃跑。我建议迅速包围那幢建筑，我来带路，快走！"

明智大侦探握住中村警部的手，答道。

"好，马上出发。我顺便问一下，你在那幢大楼里没见到夫人吗？"

"什么？夫人？你是说文代吗？"

明智大侦探吃了一惊，望着中村警部的脸。

"是的，这是我失职造成的。文代女士已遭到绑架。详细情况等一会儿再说。当时，由我、黑川记者和小林负责保卫文代女士。可不知谁在我的咖啡里放了安眠药，喝了以后不知不觉地睡着了。等我醒来的时候，文代女士已经不知去向。

"还有，黑川记者和小林都不知去向。当时，我猜测他俩一定是去寻找文代女士。来这里之前，我还没有见到他俩返回。据部下回忆，守卫后院的警员们中了歹徒的调虎离山计，从边门出去追赶可疑的小丑。就这样，后院和边门被歹徒钻了空子。也就是那时候，文代夫人被绑架了。"

中村警部根本不清楚，是假中村警部和黑川记者用轿车绑架了文代女士。也不清楚，小林已经把铁罐挂在贼车底盘上。

"我一点也不知道这回事。歹徒们很有可能把她关在某个秘密房间里，不让我见到她。现在，我们必须立即行动救出文代。"

明智大侦探走在头里，朝警署大门跑去。

八九分钟过去了，署长和中村警部带着警队包围了那幢建筑废墟。由明智大侦探带路，署长和中村警部带着部分警员冲了进去。

警员人多手电筒也多，一支支手电筒汇集一起犹如小型探照灯，把漆黑一片的建筑废墟里面照得像大白天。可所有房间都是空的，没有人影，也没有家具。

从一楼到二楼，从二楼到三楼，警员们展开地毯式搜查，连所有角落都不放过。可结果，什么可疑线索也没有捞着。偌大的三层建筑，给大家一种人去楼空的感觉。怪老人及其部下赶在警方没有到来之前，已经迅速撤离，将毫无搜查价值的建筑废墟留给了兴师动众的警方。

一连搜查了好几遍，已经没有继续搜查的价值了。警员们根据署长的哨声去一楼集合，走在最前面的是明智大侦探。走出房间，外面是黑黑的走廊。他猛地停下脚步，目不转睛地注视着前面的黑暗处。突然，他甩开大步朝那里狂奔。

　　沿走廊转过一个弯，前面更黑了。黑暗里好像有晃动的黑影。明智大侦探奋不顾身扑了过去。

　　"啊！"

　　黑暗中响起惊叫声，与此同时还传来可怕的响声。

　　"扑通！"

　　紧跟在明智大侦探身后奔跑的警员，赶紧将手电灯光射向声音传出的地方。只见明智大侦探骑在黑色的物体上面，两只手使劲地按着。警员们仔细一看，一个身披黑色短披风的家伙正不停地反抗，企图将骑在他身上的明智大侦探翻倒在地。

　　这家伙一身怪老人打扮，白色胡须垂挂在胸前，鼻梁上架着一副宽边眼镜。无疑，他就是透明怪人团伙的首领。明智大侦探凭着柔道的功夫，将他死死摁在地上。

警员们潮水般地涌上前去，将怪老人团团围住。随着咔嚓一声，铮亮的手铐戴在怪老人的手腕上。

没想到，怪老人如此粗心大意。按理说，他要是逃走，也有足够的时间。可他为什么偏在建筑废墟里磨磨蹭蹭？对手是日本第一大侦探，可怪老人的魔法也非同一般。如此轻松地被大侦探捕获，简直令人不可思议。

终于抓获透明怪人的首领，大家沉浸在胜利的喜悦之中。根据中村警部的命令，警员们将怪老人押上了警车。

可怪老人被捉拿归案后，东京某处又发生了一起出乎意料的事件。

审讯首领

第二天中午刚过，警视厅的中村警部、志野科长和明智大侦探严肃地坐在审讯室里，联合突击审讯被抓获的怪老人。怪老人戴着手铐，垂头丧气地耷拉着脑袋。

他们从早晨开始审讯了三个多小时，可怪老人的嘴像被堵住似的，死活不肯开口。

"你还不快说！你在等什么？希望你别装聋作哑！坦白才是你唯一的出路。"

志野科长反复催促怪老人供述罪行。

"我有话要对明智大侦探说，但我不想马上

说。"怪老人闭着眼睛轻声答道。

"明智大侦探不是一直在这里吗？你到底想……"

"不，我等的不是明智大侦探，是另外一个人。我希望明智大侦探不要走开，在这里一直等到另外一个人来这里。如果明智大侦探走了，我就什么也不说。"

志野科长感到厌烦，便不再吭声。明智大侦探被怪老人这么一说，也不能离开审讯室了。接着，双方继续僵持。

大约过了三十分钟，审讯室的门开了。一名警员走进审讯室，向志野科长和中村警部敬礼，随后走到明智大侦探身边。

"明智先生，小林来了，他说想见先生，行吗？"警员问道。

"请小林进来，我等的就是他。"

明智大侦探刚要回答，不料怪老人插话了，仿佛在吼叫。

"不，我不同意。我有重要的话要对小林说。

对不起，失礼了。"

明智大侦探说完站起身打算离开，不知何故被中村警部拦住了。

"明智，请你别离开！否则，审讯很难顺利进行。你去把小林请到这里来。"

警员敬礼后走了。走廊上传来脚步声，门口出现一个如花似玉的女人。

"啊，是夫人吗？你没有受伤吧？太好了！明智，真为你感到高兴。好像是小林救出尊夫人的？"

中村警部拍了一下明智大侦探的肩膀。

出现在审讯室门口的，是美丽的文代女士。小林和四五个中学生簇拥着她，犹如保驾的卫队。

明智大侦探与文代女士相互望着，微微点点头。

"小林，请你到这里来把过程说一下！你是怎么找到夫人的？"

中村警部说完，小林朝前跨了两三步。接着，他把从昨晚到现在的经过叙述了一遍。

"昨晚，我睡在夫人隔壁的卧室。半夜里，我突然听到夫人卧室的门口有很轻的脚步声。我将房门推开一条缝朝外看，发现中村警部和黑川记者带着夫人好像要到什么地方去。我觉得奇怪，便从另一条走廊来到后院朝边门外面窥视，发现街角那里停着一辆轿车。看来，他俩肯定是带夫人坐这辆轿车外出。

"我顿生疑虑，带夫人外出是一件大事。按理说，中村警部和黑川记者即便不跟我商量，至少也应该对我说一声，可他俩事先什么都没对我说过。也许这两个人是冒充中村警部和黑川记者的歹徒？可当时我不能叫嚷。否则，夫人可能有生命危险。与其叫警员抓他们，倒不如摸清贼窝所在地。

"我急中生智，想起先生教过我的'黑色跟踪法'，赶紧从仓库里取出小铁罐，钻入那辆轿车下面把它挂在底盘上。小铁罐里装有沥青，底部有一针眼大小的洞口。只要拔掉洞口上的塞子，沥青就会线一般地漏在地上。随着轿车不停地向前行驶，黑色的沥青线就跟着向前延伸。留在地上的黑线，不仔细查看是看不清楚的。

"今天早晨我召集附近的五名少年侦探，又到保管猎犬的叔叔那里牵出明智先生的侦探犬，让它在前面嗅沥青味给我们带路。就这样，我们找到了关押夫人的地方。我让大家埋伏在周围监视，自己则跑步到附近的公共电话亭向中村警部报告这一情况。"

　　小林说到这里，中村警部插话了："整个上午，我大概出去过一次。一听说是小林打来的电话，赶紧接过听筒，随即命令部下立刻驾车赶到那里，成功地救出了夫人。"

　　"啊哈哈哈……痛快，痛快！我真是一个老糊涂，竟然被这些臭小子耍了……"怪老人又是狂笑又是叫嚷，大家不约而同地把视线集中到他的脸上。

　　"小林，你真不愧是明智培养的弟子！干得太漂亮了！我也应该表扬你！可你的本事还不止这么一点。你应该能发现更重要的情况。希望你别隐瞒，快把那个也带进来！"

　　怪老人突然精神焕发，道出惊人之语。小林眨了一下眼睛，望着明智大侦探说道："先生，可以带上来吗？"

不料，明智大侦探没有搭理，一反常态地睨视小林。

"行了，行了，小林，快把他带来！明智先生一定会大吃一惊的哟！啊哈哈哈……痛快，痛快呀！"

怪老人显得越来越兴奋。

这到底是怎么回事？比起明智大侦探，秘密知道得最多的好像是怪老人？真不可思议！

小林用眼神与中村警部商量，见中村警部点点头，便转身朝门外走廊走去。

小林到底把谁带进了审讯室？

三个明智

整个房间的人突然啊地惊叫起来，而且异口同声。连坐在椅子上的人，也不约而同地站起身来。与小林一起进来的人，出乎每个人的意料，是大侦探明智小五郎。顿时，房间里出现两个明智小五郎。从早晨一直坐在审讯室的明智大侦探，与刚才进来的明智大侦探相比，脸、衣服和体形完全一模一样，犹如一对孪生兄弟。

"啊哈哈哈……怎么样？大家一定大吃一惊吧？中村，请你把这两个明智小五郎全都绑起来！请用绳索！手铐是对付不了解'手铐专家'的。还有，这两个人中间至少有一个是假的。可究竟是谁？马上还难以分辨。总之，请把他俩都绑起来！一旦逃出审讯室，可就麻烦了哟！"

怪老人仍然戴着手铐，站起身来吼道。他把中村警部称为中村，简直不可一世。怪老人摇身一变，在审讯室里发号施令，瞬间成了中村警部和志野科长的顶头上司。

更让人不可思议的是中村警部对怪老人的态度，不但不训斥，还俯首帖耳，百依百顺。只见他立即按了桌上的呼叫铃，几名身强力壮的警员走进审讯室。中村警部吩咐他们让两个明智小五郎分别坐在椅子上，用绳索将他们的手脚与椅子捆绑在一起。

究竟谁是真的谁是假的？一时无法分辨。当两个明智小五郎被突如其来的场面吓得呆若木鸡的时候，他们的手脚已经被牢牢地绑在椅子上。警员人多势众，两个明智大侦探根本来不及抵抗。

"啊哈哈哈……瞧，事态变得越来越有趣了！有一件事，我必须向大家坦白，其实我也是冒充的。我不是怪老人，而是他的替身。我因受怪老人的委托，又受领了一大笔酬金，所以当了他的替身。倘若我真是怪老人，不可能乖乖受降。

"透明怪人的首领先吩咐我做他的替身，再贼喊捉贼地抓住我。在抓住我之前，他已经乔装打扮企图蒙混过关。尽管化装后的他与之前判若两人，可他现在就在我们大家中间，还没来得及逃脱。少顷，他就会暴露在光天化日之下。啊哈哈哈……真是太开心了！

"我现在准备亮出自己的真实身份，必须先脱去身上的道具，可手铐戴在手腕上太不方便了。中村，请打开手铐！"

怪老人说完，把手伸到中村警部面前。如果中村警部按怪老人说的为其打开手铐，怪老人肯定撒开双腿逃之夭夭。危险！危险！千万别……可中村警部并不在乎他逃走，从口袋里掏出钥匙大大方方地为怪老人打开手铐。

怪老人一定会逃走！

不，怪老人没有丝毫逃走的迹象，而是走到房间的角落里，背对着大家蹲在地上，两只手不停地摆弄着什么。

看着，看着……怪老人那白发苍苍的脑袋被扒下，露出乌黑蓬乱的头发。原来，怪老人头上的白发是假发套。接着，瀑布般的银须和两条剑一般的银眉也掉到地上。原来，眉毛和胡须也是假的。

最后，怪老人开始转动身体。刹那间，肥大的黑披风也被脱下扔到地上。只见怪老人转过身来的模样令人咋舌。为什么？审讯室里又出现一个明智大侦探。也就是说，怪老人摇身一变成了第三个明智大侦探。

从头到脚，怪老人变成与明智大侦探一个模样。所不同的是，他站在审讯室的角落里，手腕上没有手铐，身上没有绳索，是自由人。而另两个明智大侦探尽管坐着，双手被反绑在椅子靠背上，是失去自由的人。

此时此刻，三个明智小五郎相互对视着。咦？这到底是怎么回事？也许是幻觉？不，不是幻觉。也许是做梦？不，也不是做梦。审讯室里，除志野科长和中村警部以外还有几名警员。其中两个明智大侦探，是他们亲手用绳索绑在椅子上的。除警员们以外，审讯室里还有小林、文代女士和五名中学生少年侦探。这么多的人，不可能同时出现同样的幻觉。

脱下怪老人化装道具的第三个明智大侦探，与刚才怪老人的模样已经完全判若两人，慢慢吞吞地朝审讯室中央走来。

"小林，恭喜你又立大功了！你不愧是我的得力助手。"

说完，他转过脸朝着大家："警视厅志野科长和各位女士先生，我有话对大家说。我刚才说过，我从怪老人手中得了大笔报酬，为他做了一回替身。当然，我不是以明智大侦探的身份接受他的委托。再说，怪老人也不可能拜托劲敌明智小五郎做替身。我当时在贼巢里的公开身份是厨师，每天在厨房里忙着为他们做饭做菜。从我的化装到举止，包括怪老人在内的歹徒们都认定我忠厚老实。

"最近，怪老人越来越觉得自己随时有被抓获的危险，决心完完全全地消失自己，变成与透明怪人风马牛不相及的人。可要这样做，他必须使用替身引开警方的视线。而扮演替身的人，必须是没有涉足犯罪的人。经过多次考察，扮作厨师的我被认为是最佳人选。为此，他花言巧语地哄骗我，还给了我许多钱，硬逼我化装成怪老人。并且，命令我待在那幢建筑废墟里，故意让明智大侦探轻而易举地将我抓住。

"大家仔细琢磨我说的话，一定会觉得不可思议。因为，出现在那幢建筑废墟里的惊人一幕是明智大侦探捕捉明智大侦探。究竟真正的明智大侦探是谁？

"不仅如此，眼下的审讯室里还有一个明智大侦探。据说，他是小林从贼窝里救出来的。可他现在也被反绑在椅子上，全身上下是明智大侦探的装束。请问，审讯室里三个外表完全相似的明智大侦探中间，到底谁是真的谁是假的？

"倘若被小林救出的明智大侦探是真的，那我和另一个被反绑的明智大侦探应该是假的。大家听我这么一说，识别真假似乎变得愈发困难。其实，大家应该先弄清这么一个问题，究竟是什么原因出现了三个明智小五郎？

"其实，原因非常简单。三个明智小五郎中间，有一个是真明智小五郎，其余的一个是明智小五郎的真替身，另一个则是明智小五郎的假替身。也就是说，化装成明智小五郎的假替身是透明怪人的首领'怪老人'。马上就会真相大白。谜底一旦揭开，透明怪人将暴露得体无完肤。"

说到这里，第三个明智小五郎停顿了一下，朝大家环视了一眼。大家瞠目结舌，审讯室里仿佛已经没有了呼吸声。大家直勾勾地望着第三个明智小五郎，焦急地等待着悬念被解开的一瞬间。

案件背后

　　第三个明智大侦探站在审讯室正中央，向志野科长和中村警部开始解释整个案件。他面带笑容，声音洪亮，不时地挥舞着双手，循序渐进地为大家化解心中的疑团。瞧他神气活现的模样，宛如警视厅总监长官在万名警员大会上演讲。

　　"昨晚，假中村警部和黑川记者蒙骗我夫人，将她强行带走。那么，黑川记者究竟是何许人物？他到底干了一些什么勾当？倘若真中村警部与真黑川记者都喝下放有安眠药的咖啡，又倘若睡在同一房间的真黑川记者与真中村警部一起熟睡、一起醒来，那么，结果就很难分辨了。可被迫熟睡的仅真中村警部一人，而真黑川记者却不知去了哪里，甚至现在还不露面。到底是什么原因？真黑川记者到底去哪里了？难道永远消失了？"

第三个明智大侦探说到这里又停顿了一会儿，一双锐利的目光扫了一下整个房间。大家依然一声不吭，望着他，等待下文。

"就魔术舞台来说，从观众席看到的情景和从后台看到的情景，是截然不同的。就连舞台上美丽的布景，从后台看过去，只不过是在木框架上挂一张布片或纸片而已。由此可见，每一起犯罪案件必然有表面和背后的区分。大家一直到今天所看到的情景都是表面的，因为大家是坐在观众席上观看魔术表演。

"可我们侦探在侦破案件过程中，绝不能只坐在观众席上看罪犯表演，必须去后台观察案件的背后。这一起透明怪人大案，我从一开始就在观察它的背后。由于我和你们观察的角度不同，观察到的深度也当然不同。因此，我大致摸清楚了罪犯玩弄

196

的手法及其真正意图。

"从后台观察这起案件的一开始，我就觉得黑川记者疑点最大。喝放有安眠药咖啡的是中村警部，迷迷糊糊睡着的也是中村警部。而黑川记者也喝了咖啡却没有迷迷糊糊地睡着，相反莫名其妙地无影无踪了。再说给中村警部端来咖啡的，正是黑川记者。由此，证实了我的怀疑是正确的。诸位，黑川记者是透明怪人团伙的首领！绑架文代时出现的黑川记者，不是替身，而中村警部却是替身。

"只要抓住黑川记者是透明怪人团伙首领这一要点，所有现象也就迎刃而解了，他玩弄的手法秘密也就暴露无遗。

"诸位，大家不必紧张，什么透明怪人来无影去无踪之类的说法，纯属无中生有的谎言。什么东京到处都出现过透明怪人的说法，都是黑川记者信口雌黄编造的谣言。"

第三个明智大侦探说到这里停了下来，大家瞪大眼睛继续等待下文。说透明怪人子虚乌有，大家压根儿不信。

"为从表面上让大家相信真有透明怪人这回事，黑川记者做了长时间的准备工作。他于一年前当上东京新闻报社的记者，以他特有的手法骗取该报社社会部部长的信任，利用大报记者的信誉为他实施犯罪计划大造舆论。

"诸位再仔细思考一下，关于透明怪人的报道以及介绍，多半都是出自黑川记者的笔和嘴。除黑川记者外，大家即便没有亲眼看到过，但只要是报上说的，并且是一家知名度高的大报说的，大家一般都不会认为报道是虚假的。不用说，在这过程中也确实发生过一些案件，但绝大多数都是黑川记者捏造的。他利用自身是记者的优势，将虚无缥缈的透明怪人编造得惟妙惟肖。

"例如，透明怪人在银座大街上把许多行人撞得东倒西歪的故事；透明怪人帮助擦皮鞋少年从流氓手中夺回被抢走的钱财的故事；又例如，他去岛田别墅途中发现围墙上映照着人影并且受到人影袭击的故事等。上述这些故事都是黑川记者虚构的。由于这些故事里掺杂着听上去像真事的情节，所以谁都没有把它视为谎言。

"黑川记者为使大家从现象上看到透明怪人，雇用了四五个帮凶在一些案件发生的过程中炮制谣言。例如大宝宝石店的首饰被盗事件，黑川记者事先让帮凶混入大宝宝石店担任营业员，趁'帮凶营业员'独自一人在店堂之际，导演透明怪人偷盗首饰的假闹剧。

"事后，这个帮凶营业员叙述透明怪人盗窃经过，周围的人包括其他营业员当然深信不疑。店主以及店堂经理全都上当受骗，误以为真出现了肉眼看不到的盗贼，于是吠影吠声。随后，黑川记者以大报记者身份前去采访，将帮凶营业员的描述写成报道刊登在报纸上。

"又例如岛田家珍珠宝塔被盗的那天晚上，一个年轻流浪汉说他在院子里亲眼见过一个头戴蜡制面具身着西装的透明人。其实，那个年轻流浪汉也是黑川记者的帮凶。"

浏览奇术

　　第三个明智大侦探说到这里又停顿了，早已等得不耐烦的中村警部赶紧插话："明智，仅用谣言两个字似乎还难以彻底揭露虚构的透明怪人事件。就我来说，也有许多难以明白的地方。透明人案件发生的当初，据说木下和岛田俩少年从古董店开始跟踪的那个蜡脸男子，是当着两个少年的面脱去衣服的，并且在瞬间变成用肉眼根本无法看见的透明人。这应该怎么理解呢？是不是说两个少年也是黑川记者的帮凶呢？"

　　"中村警部，那是木偶戏。蜡脸男人进入烧毁的建筑废墟后，俩少年不是在建筑废墟外面犹豫了好一会儿吗？蜡脸男人趁这时从旁边出口溜到建筑废墟的外面。当时的建筑废墟里，悬挂着一个用好几根黑色丝绳控制的木偶。这些黑色丝绳的上端穿过二楼地板的裂缝，由趴在地板上的黑川记者的帮凶操纵，像操纵木偶那样表演给少年看。

"帮凶操纵黑色丝绳，先脱去和摘下木偶身上的衣服及假面具，再将脱下的衣服捏成一团，然后将捏成一团的衣服升向空中，朝着建筑废墟旁边的出口移动。由于当时已经是傍晚过后，光线昏暗，俩少年看不见纤细的黑色丝绳。

"黑川记者和俩少年一起跟踪蜡脸木偶，接着观看脱衣服隐身的透明怪人。后来，黑川记者与透明怪人扭打，不用说，这是黑川记者假戏真做。

"其次，在百货公司陈列的模特中间有一蜡脸怪人混入其中，当时被木下识破。蜡脸怪人赶紧闯入一楼仓库，正巧仓库里有好几个大的空箱子。那家伙脱去西装后藏在箱子里，从箱子里向外抛蜡制面具。凑巧遇上人们推开房门涌入仓库，于是，大家目睹了假面具在空中飞舞的一幕。"

这时候，中村警部又提出一个问题。

"明智，透明怪人当时不是从仓库逃出去了吗？还先后推倒走廊上的营业员和正在下楼梯的送货员。这怎么解释呢？"

"那两个家伙都是黑川记者的帮凶。哈哈哈……黑川记者考虑得太细致入微了。一个扮演营业员，一个扮演送货员，制造被透明怪人推倒在地的假象。

"还有一个相似的例子。岛田看见溜冰鞋在自己家院子的草坪上自由自在地溜冰。其实，那是黑川记者的一个帮凶隐蔽在院子的树林里，操纵事先拴在溜冰鞋上的黑色丝绳表演无人溜冰的把戏。"

"那……透明怪人那张半透明的脸，不是常常映照在窗玻璃上吗？并且还发出阴险的笑声。按照你的解释，那也是……"

"那是幻灯机加腹语术合造的骗人把戏。黑川记者的一个帮凶躲在别墅外面的树丛里，用幻灯机将怪人侧面脸部的影子映照在窗玻璃上。而别墅房间里的黑川记者，则使用腹语术为怪人影子配音。怪人影子每一次映照在窗玻璃上的时候，房间里必然有擅长腹语术的黑川记者。所谓腹语术，说话声音不是来自嘴巴而是来自腹腔。就在场的听众来说，无法判断声音究竟来自何方。腹语术与催眠术有相似之处，如果听众觉得声音来自窗外，大脑便会产生声音来自窗外的幻觉。

"我当上厨师后，一直住在怪老人的贼窝里，掌握了许多秘密背后的真实情况。所谓怪老人，其实就是黑川记者。黑川记者非常神奇，不管什么模样都能化装得以假乱真。他使用的魔法道具，除表演木偶、使用幻灯机和腹语术以外，还使用黑色魔术结合多面镜的原理编造透明怪人。可见，黑川记者掌握了许多奇术。侦破透明怪人一案的过程，等于浏览了一遍犯罪奇术。

"大友趴在贼车车顶上潜入防空洞怪老人住的贼窝时，他从门的裂缝处窥视透明怪人的卧室。当时，房间里有一个身着睡衣，没有脑袋和手脚的家伙拿着玻璃杯喝水。其实那是黑色魔术，是在卧室墙上挂一道黑色幕布。黑川记者的帮凶用黑色绒布裹住脸，手上戴着黑色手套，在黑色幕前表演黑色魔术。像这种表演给人的错觉是，一个没有脸没有手的人在喝水。

"接下来，说说大友被怪老人制作成透明怪人的事情。从大友本身来说，他也认为自己真被制作成透明怪人了。我从贼窝里救出大友后，向他详细了解了一下。

"怪老人给大友注射安眠药针剂后把他绑在椅子上，关押在只有三平方米的小房间里。房间的正面墙上镶嵌着一块正方形镜子。大友睁开眼睛醒来的时候，镜子里映照出自己胸部以上的部分。镜子里的人影确实穿着自己的校服，奇怪的是没有脸。

"由于双手被反绑在椅子的靠背后面，无法用手触摸自己的脸部。大友无可奈何，只能使劲地晃动肩膀。因此，他断定镜子里的影子肯定是自己。当时，大友被镜子里的这一幕吓得魂飞魄散，误以为自己真变成了怪老人说的透明人。

"其实，奥妙就在镜子里。嵌在墙上的是一块普通的透明玻璃，而玻璃背后放着一面朝大友倾斜的镜子。那张椅子摆放的位置也十分巧妙，距离合适。也就是说，大友坐在椅子上望前面玻璃的时候，那面朝大友倾斜的镜子里，只能映照出他胸部以上的部位以及服装。而镜子上面的玻璃背后挂着一块混凝土色板，因而映入大友眼帘的，不是脖子以上的脸部，而是混凝土色板。

"当大友的视线朝着镜子的时候，当然是没有脑袋的自己。再说镜子里的服装与自己相同，他当时也就信以为真了。他一晃动肩膀，镜子里的肩膀也跟着同步晃动是理所当然的。这就是使用镜子角度与视线角度结合的魔术原理，无论谁听了都会瞬间恍然大悟。

"不知这一魔术原理的大友，对自己已经成为透明人深信不疑。接着，抱定这种想法的大友被转到另一间漆黑的小房间里。后来，中村与黑川记者以及小林一起进入防空洞的时候，听见关押在铁笼里的大友在说话。其实当时的铁笼里是空的，根本没有大友的影子。代替大友说话的，是黑川记者，他用腹语术模仿了大友的说话声音和腔调。

"当时，有一个透明怪人冲入铁笼与大友扭打在一起。接着，那个透明怪人抱着大友推开铁门逃走了。其实，那也是黑川记者的腹语术在作怪。他用腹语术模仿两个人一起喘着粗气的声音，使你们误以为这一切是真的。接着，黑川记者自己推开铁门，却装作透明怪人推开铁门的模样，紧接着，再制造被透明怪人推倒在地的假象。黑川记者自编自演了这出闹剧。

"中村，说到这里，我已经将黑川记者作案的基本手法向大家作了介绍。我想各位不会再有不明白的地方了吧？"

第三个明智大侦探一边微笑，一边以长者的口吻询问大家。那副模样，如同站在黑板前给学生上课的老师。

"从案件背后观察到的情况，真是太精彩有趣了。只要把怀疑焦点聚集在犯罪嫌疑人黑川记者的身上，案情就一目了然了。明智先生，我一向佩服你明察秋毫的洞察力。黑川记者这个罪犯，其实是一个高智商的罪犯。明智先生，在你刚才的一番解释里好像漏了两点。一是岛田家珍珠宝塔被盗事件；二是脸戴蜡制面具的小丑在公共电话亭里的失踪事件。这两起事件，你可能还没有听说过吧？"

中村警部把小丑失踪的事件简明扼要地叙述了一遍，急切等待着第三个明智大侦探的解释。明智大侦探听罢，立即向大家解释说："刚才所说的两起事件，按理说，从我刚才的解释里应该能找到答案。现在，我详细地解释一下。珍珠宝塔，当然是黑川记者盗走的。那张预告偷盗珍珠塔的纸片其实也是黑川记者写的，也是他抛向空中的，最后也是他自己接住的。偷盗珍珠宝塔的手法，与上述手法完全相同。

"岛田的爸爸由于见到黑川记者递给他的偷盗预告，心急如焚，赶紧带着黑川记者一起到地下仓库核实。黑川记者以敏捷的盗窃手法，从玻璃盒里盗走了珍珠宝塔。后来当大家坐在保险柜门前守株待兔时，保险柜里已经什么也没有了。

"当时，黑川记者又使用腹语术制造透明怪人潜入地下室的假象。不管什么场合他都可以使用腹语术，以制造许多常人难以识破的假象。

"还有小丑从公共电话亭里失踪的事件，我也是听说的。尽管我还没有核实，可手法大致相同。看到小丑进入公共电话亭的司机警员，为寻找你们而从公共电话亭附近离开过一段时间。小丑利用这一时间差，将事先准备好的蜡制假面具和小丑服装挂在天花板上，溜出电话亭。接着用木棍之类的东西从里面抵住玻璃门后，趁着夜色逃之夭夭。

"望着垂挂在电话亭里的蜡制假面具和小丑服装，你们一定会以为就是刚才的小丑。一旦得知衣服里没有人，当然一个个都吓得不轻。其实当时的说话声，也是腹语术在作怪，导致你们误以为电话亭里真有小丑在。因为当时，黑川记者就在你们身边。由此可见，可恶的腹语术可以演绎许多假象。"

第三个明智大侦探解释完毕，一直没有吭声的志野科长深有感触地说："明智先生，你的侦查力和洞察力真可谓超一流。有了你的智慧，不管什么样的疑难案件都能侦破。你刚才的一番解释让我佩服得五体投地，现在我已经完全明白透明怪人的真相了。但是，明智先生，虽说罪犯作案的手法都被你解释清楚了。可我觉得还是有无法理解的问题，也就是说，黑川记者既然掌握那么多惊人的魔法，为什么一定要虚构透明怪人？为什么一定要让世人觉得透明怪人确实存在？这两个问题，想必你已经一清二楚，能否请你解释一下？"

"问得好！其实，这是最简单不过的问题。这也是透明怪人一案最有趣的地方。"

明智大侦探微笑着答道，清了清嗓子继续解释。

真正罪犯

　　"罪犯究竟为什么要虚构透明怪人？其目的之一，是偷盗宝石以及各种价格昂贵的宝物。如果让世人认定罪犯是来无影去无踪的透明怪人，真正的罪犯就可逍遥法外。

　　"其目的之二，制造事端轰动东京乃至整个日本，扰乱人们的正常生活秩序。罪犯酷似一些时常躲在门背后的淘气少年，等到其他少年走到跟前时，突然闪出并且哇哇大叫。罪犯还到处造谣，说什么真正的透明怪人已经问世，要不了多久会增加到几十个、几百个、几千个，甚至几万个，吓得世人一提到透明怪人便面如土色，而罪犯则幸灾乐祸。

"其目的之三，是想败坏我明智小五郎在社会上的声誉。罪犯到处扬言，要让我、文代和小林都变成透明人。罪犯绑架我们，是想让世人大吃一惊，让世人误以为赫赫有名的大侦探也被改变成透明人。

"怪老人打电话到事务所的时候，我已经察觉到那家伙已经吃了秤砣铁了心，不达到目的誓不罢休。为此，我使出好久没有使用过的绝招，让我的替身和文代的替身住在事务所，而真正的我和文代从那天开始则暂时消失了。

"对此，中村警部非常清楚。曾经有好几起案件的侦查过程中，我使用替身扰乱罪犯的视线，以保证我的侦查工作顺利进行。从那时候开始，我让替身居住在秘密场所配合我侦查。这一次，我又让替身登场亮相了。

"在过去的一些案件侦查过程中，文代没有替身。后来我觉得，必须为她配备替身。终于有一天，我找到一个与文代非常相似的女子。打那天开始，文代的替身也居住在秘密场所。

"我事务所最里面的一个房间，有暗门和秘密通道。该房间的一堵墙可呈一百八十度旋转，由电源控制。我和文代听完怪老人打来的电话后，立即从暗道脱身，让两个替身登场出现在事务所里。

"因此，被强行推上轿车遭到绑架的明智是我的替身。昨晚，被假中村警部和黑川记者绑架的文代也是替身。也就是说，被小林救出的文代，瞧，她正好也在审讯室里。其实，她不是真正的文代。而真正的文代，如今隐蔽在一个无人知晓的秘密场所。"

明智大侦探的这番解释，让整个房间的人越听越觉得糊涂，也越听越感到意外。他们个个瞠目结舌，直勾勾地瞪着眼睛看着第三个明智大侦探。

"我侦查到怪老人的大本营后，冒充厨师混入歹徒中间。罪犯由于已经抓获我的替身，觉得可以高枕无忧了，也就产生了麻痹大意。更有意思的是，怪老人居然命令我做他的替身。

"罪犯非常狡猾，企图也像我那样以替身转移对方视线，混淆警方的侦查活动。

　　"罪犯让我扮作替身，还故意抓住我送给警方以让警方放心。从而，企图实施他更险恶的犯罪计划。

　　"命令我扮作替身的怪老人，现在到底怎么了？说到这里再不提到黑川记者这个人物，对于本案的解释就无法结尾。现在他扮演的不是记者，他扮演的是一个不可能受到世人怀疑的人物——明智大侦探。为什么胆敢扮演大侦探？罪犯误以为明智先生已经成了他的阶下囚，便亲自化装成明智先生。扮演者是谁？就是昨天晚上出现在建筑废墟那里自称明智大侦探的家伙。当时，他正沿着雨水管道从三楼往一楼爬，故意让巡逻警员发现他。"

　　一听到这里，大家的视线一齐射向坐在另一张椅子上的明智。由于真明智小五郎已经出现在大家的眼前，所有人的目光似乎在朝着他呵斥：你这个罪犯，简直是一个地地道道的大无赖！假明智面对大家剑一般的目光，耷拉着脑袋。从他神情沮丧的表情不难看出，他已经承认自己是真正的罪犯。

真明智大侦探一边睨视垂头丧气的假明智，一边继续侃侃而谈："你一会儿扮演黑川记者，一会儿化装成怪老人，现在竟然扮作明智，并且化装得与我难辨真伪。像你这样的罪犯，确实称得上超级化装高手。这家伙以恐吓和抓获明智大侦探为最大乐趣，可见他与我明智小五郎有着不共戴天的仇恨。据了解，他可以化装成几十种不同的脸谱。诸位警员、诸位少年侦探，请根据这两个特征回想一下，他究竟是什么人？"

明智大侦探目光严峻地扫视大家，这一问题提得好，一下将大家深深吸引住了。

"想必大家明白了吧？罪犯是时而化装成怪老人，时而化装成明智大侦探的黑川记者。其实，黑川不是罪犯的真姓。不过，他的真名到底叫什么？看来还真无人知晓。一年前，我在侦查地下魔术师一案中与他打过交道，最后败在我的手下而锒铛入狱。他当时的身份是魔法博士，是那起案件的首犯。说到这里，大家也许已经恍然大悟，他就是臭名昭著的怪盗二十面相。瞧！就是那个被绑在椅子上的家伙。

"地下魔术师大案侦破后被警方送入监狱，可几天后他却越狱成功。打那以后长期逍遥法外，企图逃避法律的制裁。没想到他竟然摇身一变，成了东京新闻报社的记者。从那天开始，他利用记者的合法外衣，蛊惑人心，招摇撞骗，炮制一个又一个阴谋，企图对我实施报复。

"志野科长，我再一次把十恶不赦的二十面相罪犯交给你，衷心希望你制定一个万全的看守措施，千万别让他再度越狱逃跑而危害社会。"

明智大侦探话音刚落，审讯室里响起了雷鸣般的掌声。大家涌到假明智周围，将罪犯二十面相围得水泄不通。

由于来势汹汹，罪犯连同椅子一起倒在地上，怪盗二十面相摔了个人仰马翻，疼得哇哇直叫。此时此刻的大魔术师，透明怪人的虚构者，即便三头六臂，再有绝招，也不可能逃之夭夭。此刻的他苍白的脸上布满豆大的汗珠，嘴唇紧闭，一言不发，躺在地上一动不动。

就这样，轰动东京乃至日本的透明怪人大案宣告侦破。大侦探明智小五郎及其少年助手小林芳雄和少年侦探团，再次名震一时。他们的英勇事迹成了人们津津乐道的话题。

江户川乱步年谱

1894年　出生

本名平井太郎，10月21日出生于三重县名张市，为家中长子。父平井繁男，时任名贺郡官府书记员。母平井菊。

1897年　3岁

因父亲工作调动，举家搬迁至名古屋市。

1901年　7岁

4月，进入名古屋市白川寻常小学就读。

1903年　9岁

《大阪每日新闻》连载菊池幽芳的《秘密中的秘密》，母亲每晚都会念给他听，从此对侦探故事萌生了极大兴趣。

1905年　11岁

4月，进入市立第三高等小学。协助父亲采用胶版誊写版印刷和发行少年杂志。二年级时喜欢上了押川春浪的武侠冒险小说。

1907年　13岁

4月，升入爱知县立第五初级中学。读到黑岩泪香的《岩窟王》，印象特别深刻。

1908年　14岁

其父开设平井商店，主营进口机械的贸易销售，兼营外国保险代理和煤炭销售业务，并采购全套铅字，印刷和发行《中央少年》杂志。秋天，开始在学校附近租借宿舍，独立生活。

1910年　16岁

与要好同学坐船到中国的东北地区旅行。

1912年　18岁

3月，初中毕业。因喜欢出版事业，与同学到处奔走、筹备。6月，其父开设的平井商店破产倒闭。由于失去了学费来源，没有继续上高中。随父亲坐船到朝鲜马山，从事垦荒和测量工作。8月，只身赴东京勤工俭学，以优异成绩考入早稻田大学预备班，白天上学，晚上寄宿在东京都本乡汤岛天神町的云山印刷厂，逢休息日打工。12月，迁到春日町借宿，业余时间靠誊写挣钱。

1913年　19岁

春，与祖母在东京牛込喜久井町生活，重读黑岩泪香等著名作家写的侦探小说。曾计划印刷和发行《少年新闻报》。8月，预备班毕业，考入早稻田大学经济学专业学习。

1914年　20岁

春，与同学创办《白虹》杂志，利用业余时间阅读爱伦·坡、柯南·道尔等英国作家的短篇侦探小说。为了阅读侦探小说，辗转于各大图书馆，所做的笔记装订成册，称为《奇谈》。

1915年　21岁

其父回国供职于某保险公司，在牛込与全家一起生活。继续阅读外国侦探小说，并悉心研究"暗号通讯文书"的由来、规则和特点。

1916年　22岁

8月，毕业于早稻田大学经济学专业，入职大阪府贸易商加藤洋行。

1917年　23岁

5月，从加藤洋行辞职，在伊东温泉开始阅读谷崎润一郎的作品《金色之死》，执笔撰写电影评论文章。11月，入职三重县鸟羽造船厂电机部，参与内部杂志《日和》的编辑。

1918年　24岁

4月，其父再赴朝鲜工作。与鸟羽造船厂的同事组织"鸟羽故事会"，在各剧场、小学巡回。冬，在坂手村小学结识村上隆子。

1919年　25岁

辞职到东京。2月，与两个弟弟在东京本乡驹込町经营一家旧书店"三人书房"。7月，在书店二层编辑《东京PACK》杂志。11月，开设中华面馆。同年，与村上隆子成婚。

1920年　26岁

2月，入职东京市政府社会局。10月，关闭旧书店，入职大阪时事新报社，担任记者，经常与井上胜喜谈论侦探小说，开始撰写《二钱铜币》。

1921年　27岁

3月，长子平井隆太郎诞生。4月，在东京担任日本工人俱乐部书记。

1922年　28岁

8月，辞职后回到大阪府外守口町的父亲家，与父亲一起生活。9月，《二钱铜币》《一张收据》完稿，正式向某杂志社投稿，但未被采用。不久，改投《新青年》杂志，经审定采用。12月，入职大桥律师事务所。

1923年 29岁

4月，《二钱铜币》在《新青年》刊载，小酒井不木博士长文推荐。7月，《一张收据》在《新青年》刊载，辞去大桥律师事务所工作，入职大阪每日新闻社广告部。

1924年 30岁

4月，关东大地震，全家迁回大阪。7月，在《新青年》发表《二废人》。10月，在《新青年》发表《双生儿》。11月底，离开大阪每日新闻社，成为职业作家。

1925年 31岁

1月，在《新青年》增刊发表《D坂杀人事件》，名侦探明智小五郎首次登场。到名古屋拜访小酒井不木。之后，到东京拜访森下雨村，结识《新青年》派作家。2月，在《新青年》发表《心理测验》。3月，在《新青年》发表《黑手组》。4月，在《新青年》发表《红色房间》，与春日野绿、西田政治、横沟正史等作家发起创建"侦探兴趣协会"。5月，在《新青年》发表《幽灵》。7月，在《新青年》发表《白日梦》《戒指》。8月，在《新青年》增刊发表《天花板上的散步者》。9

月，在《新青年》发表《一人两角》，在《苦乐》发表《人间椅子》；其父逝世。10月，成立"新兴大众文艺作家协会"。

1926年 32岁

发表侦探小说《噩梦塔》（直译名《幽鬼之塔》）等多篇作品。12月，在《朝日新闻》上连载《畸心人》（直译名《侏儒法师》）。

1927年 33岁

3月，停笔，与妻平井隆子开设"宿舍租借有限公司"。不久，独自外出旅行，到日本海沿岸、千叶县沿岸等地；10月，到京都、名古屋等地；11月，与小酒井不木、国枝史郎、长谷川伸和土师清二等人创建大众文艺民间合作组织"耽绮社"。

1928年 34岁

3月，出售早稻田大学附近的宿舍。4月，买下东京户塚町源兵卫一七九号的房屋。同年，发表《丑角师》（直译名《地狱丑角师》）。

1929年 35岁

1月，在《新青年》发表《噩梦》。6月，发表处女随笔《恶魔王》（直译名《恐怖的魔王》）。8月，在《讲谈俱乐部》连载《蜘蛛男》。

1930年　36岁

5月，改造社出版《孤岛之鬼》。7月，在《讲谈俱乐部》连载《魔术师》。9月，在《国王》连载《黄金假面》。10月，讲谈社出版《蜘蛛男》。

1931年　37岁

5月，平凡社出版《江户川乱步选集》13卷。同年，出版《迷重重》(直译名《钟塔的秘密》)、《暗黑星》和《邪与恶》(直译名《影男》)。

1932年　38岁

3月，停笔，带全家外出旅游，先后到过京都、奈良、近江等地。

1933年　39岁

1月，加入大槻宪二创建的"精神分析研究会"，每月出席例会，并为该会《精神分析杂志》撰稿。4月，长子平井隆太郎升入大阪府立第五初中学校。同年，好友山本直一辞去博物馆工作，担任江户川乱步的助手。12月，在《国王》连载《红蝎子》(直译名《红妖虫》)。

1934年　40岁

发表《恐吓信》(直译名《魔术师》)、《黑天使》和《不归路》(直译名《死亡十字路》)。

1935年 41岁

1月，平凡社陆续出版《江户川乱步杰作选》12卷。6月，春秋社出版《人间豹》。9月，编写《日本侦探小说杰作集》，由春秋社出版，并发表长篇评论文章。

1936年 42岁

1月，在《讲谈俱乐部》连载《绿衣人》；在《少年俱乐部》连载《怪盗二十面相》。5月，春秋社出版评论集《鬼的话》。12月，讲谈社出版《怪盗二十面相》。

1937年 43岁

1月，在《讲谈俱乐部》连载《噩梦塔》（直译名《幽鬼之塔》），在《少年俱乐部》连载《少年侦探团》。战争爆发后，政府当局对于出版物的审查越来越严格，江户川乱步的所有小说被禁止出版发行，不得不停止撰写侦探小说。为了生活，江户川乱步借用别名为少年儿童撰写探险小说。后来，当局只允许江户川乱步撰写防谍反特小说，在杂志和报纸决定连载前，必须经过外交部、内务部、警视厅和宪兵机构的联合审查，达成一致意见后方可使用江户川乱步的名字刊登。由于公开抗议，被勒令停止写作，结果只写了一部小说。

1938年　44岁

1月，在《少年俱乐部》连载《妖怪博士》。3月，讲坛社出版《少年侦探团》。4月，新潮社出版《噩梦塔》。9月，新潮社出版《江户川乱步选集》10卷。

1939年　45岁

1月，在《讲谈俱乐部》连载《暗黑星》，在《少年俱乐部》连载《蒙面人》。2月，讲谈社出版《妖怪博士》。

1940年　46岁

2月，讲谈社出版《蒙面人》。7月，因心脏不适住院治疗。10月，与同人创立"大政翼赞会"。

1941年　47岁

7月，非凡阁出版《噩梦塔》。12月，任东京池袋丸山町防空会长。

1942年　48岁

任东京池袋北町会副会长，以"小松龙之介"的笔名连载《聪明的太郎》。

1943年　49岁

与著名作家井上良夫书信往来，交流对欧美侦探小说的看法。8月，开始连载科幻小说《伟大的梦》。11月，东京大学文学部在读的长子平井隆太郎被征召入伍，为其举行送别会。

1944年　50岁

出任行政监察随员助手，后在町会领导下开设军需品加工厂生产皮革制品。

1945年　51岁

4月，家属被疏散到福岛，自己则只身留在东京池袋，继续担任町会副会长。6月，因病被疏散到福岛。8月，在病床上听到裕仁天皇宣布无条件投降，平井隆太郎从土浦飞行队退役。11月，举家迁回池袋。

1946年　52岁

6月，倡议成立"侦探小说星期六研讨会"，每月开一次例会。

1947年　53岁

6月，"侦探小说星期六研讨会"更名"侦探作家俱乐部"，被选举为第一届主席。11月，到关西等地演讲，普及和推广侦探小说。没有新作问世，但旧作再版达31部。

1949年　55岁

1月，在《少年》连载《青铜怪人》。6月，再度当选侦探作家俱乐部会长。11月，光文社出版《青铜怪人》。

1950年　56岁

1月，在《少年》连载《虎牙》。3月，在《报知新闻》连载《断崖》，为战后首部短篇侦探小说。12月，光文社出版《虎牙》。

1951年　57岁

1月，在《趣味俱乐部》连载《恐怖的三角馆》，在《少年》连载《透明怪人》。5月，岩谷书店出版评论集《幻影城》。12月，光文社出版《透明怪人》。

1952年　58岁

1月，在《少年》连载《怪盗四十面相》。3月，评论集《幻影城》荣获侦探作家俱乐部授予的"第五届优秀侦探小说勋章"。7月，辞去侦探作家俱乐部会长一职，任名誉会长。12月，光文社出版《怪盗四十面相》。

1953年　59岁

1月，在《少年》连载《宇宙怪人》。12月，光文社出版《宇宙怪人》。

1954年　60岁

1月，在《少年》连载《塔上魔术师》。10月，日本侦探作家俱乐部、东京作家俱乐部和捕物作家俱乐部联合主办"江户川乱步六十大寿庆典"，会上正式设立"江户川乱步奖"。《别册宝石》第四十一期杂志作为

"江户川乱步六十周岁纪念特刊"，《侦探俱乐部》十二月号杂志也作为"乱步花甲纪念特刊"。著名作家中岛河太郎编纂和发行《江户川乱步花甲纪念文集》。11月，映阳堂出版《江户川乱步选集》10卷。12月，光文社出版《塔上魔术师》。

1955年　61岁

1月，在《趣味俱乐部》连载《影男》，在《少年》连载《海底魔术师》，在《少年俱乐部》连载《灰色巨人》。5月，举行首届"江户川乱步奖"颁奖仪式。11月，在三重县名张市举行"江户川乱步诞生地"树碑庆贺仪式。12月，光文社出版《海底魔术师》《灰色巨人》。

1956年　62岁

1月，在《少年》上连载《魔法博士》，在《少年俱乐部》上连载《黄金豹》。1月24日，"日本翻译家研究会"成立，出任研究会顾问。2月，出任"日本文艺家协会语言表述问题专业委员会"委员。4月，发表《英文翻译侦探小说短篇集》。8月，接任《宝石》杂志主编。11月，光文社出版《马戏团里的怪人》《魔法人偶》。

1957年　63岁

1月，在《少年》连载《夜光人》，在《少年俱乐部》连载《奇面城的秘密》，在《少女俱乐部》连载《塔上魔术师》。12月，光文社出版《夜光人》《奇面城的秘密》《塔上魔术师》。

1959年　65岁

1月，在《少年》连载《假面具背后的恐怖王》。11月，桃源社出版《欺诈师与空气男》，光文社出版《假面具背后的恐怖王》。

1960年　66岁

1月，在《少年》连载《带电人M》。4月，出任东都书房《日本侦探推理小说大集成》编辑委员。

1961年　67岁

4月，成为文艺家协会名誉会员。7月，出席"江户川乱步从事侦探小说创作四十周年庆典"，桃源社出版《侦探小说四十年》。10月，桃源社出版《江户川乱步全集》18卷。11月3日，荣获日本政府颁发的"紫绶褒勋章"。

1963年　69岁

1月，"日本侦探作家俱乐部"升格为社团法人"日本推理作家协会"，被一致推选为第一届理事长。8月，再次当选，坚辞不受，亲自提名松本清张接任第二届理事长。

1965年　71岁

7月28日，突发脑出血逝世，戒名智胜院幻城乱步居士。获赠正五位勋三等瑞宝章。8月1日，在青山葬仪所举行日本推理作家协会葬，墓所位于多摩灵园。

译后记

我1981年8月考入宝钢翻译科从事翻译工作，1982年初开始从事日本文学翻译，1983年2月首次发表日本文学译作。四十余年来，我一直致力于中日民间文化交流，尤其是翻译了日本推理文学鼻祖江户川乱步的作品全集，由衷地感到欣慰和满足。

《江户川乱步全集》共46册，数百万言，历经数个寒暑才翻译完成。回首往事，第一天坐在桌案前写下第一行译文的情景仍历历在目。为了解江户川乱步的创作思想、创作背景和准确把握作品的神韵，除反复阅读其所有小说作品外，我还遍览《侦探推理文学四十年》《乱步公开的隐私》《幻影城主》《奇特的立意》和《海外侦探推理文学作家和作品》等乱步的随笔和评论集。并专程去了坐落在东京丰岛区池袋的江户川乱步故居考察，到日本国家图书馆查阅了有关江户川乱步的许多资料。

为了让更多的人了解江户川乱步，我在《新民晚报》先后发表了《江户川乱步，日本侦探推理文学的先驱》《日本的福尔摩斯》《江户川乱步的起步》《徜徉少年大侦探系列》《徜徉青年大侦探系列》，接受了腾讯视频、东方电视台、《上海翻译家报》、沪江网、日语界以及日本青森电视台、《东粤日报》、《朝日新闻》、《产经新闻》、《中日新闻》的相关采访。

鲁迅说："伟大的成绩和辛勤劳动是成正比的，有一分劳动就有一分收获。日积月累，从少到多，奇迹就可以创造出来。"我历经数年辛劳翻译的这版《江户川乱步全集》，2004年4月被乱步故里日本名张市政府收藏，2020年10月又被日本驻上海总领事馆收藏，并荣获国际亚太地区出版联合会

APPA翻译金奖，其中的"少年侦探团系列"荣获国家新闻出版总署优秀少儿图书三等奖。

　　江户川乱步可以说是日本推理文学的代名词，江户川乱步奖是推动日本推理文学作家辈出的巨大动力，《江户川乱步全集》是世界侦探推理文学的瑰宝。希望通过这套《江户川乱步全集》，可以让更多的读者共同享受推理文学的乐趣。

2021年元旦于上海虹桥东华美寓所

图书在版编目（CIP）数据

透明怪人 /（日）江户川乱步著；叶荣鼎译. --济南：山东画报出版社，2021.4

（江户川乱步全集·少年侦探团系列）

ISBN 978-7-5474-3828-2

Ⅰ.①透… Ⅱ.①江… ②叶… Ⅲ.①儿童小说–侦探小说–日本–现代 Ⅳ.①I313.84

中国版本图书馆CIP数据核字（2021）第040607号

TOUMING GUAIREN

透明怪人

〔日〕江户川乱步 著　叶荣鼎 译

责任编辑　梁培培
装帧设计　Pallaksch

出 版 人　李文波
主管单位　山东出版传媒股份有限公司
出版发行　山东画报出版社
　　　　　　社　　址　济南市市中区英雄山路189号B座　邮编 250002
　　　　　　电　　话　总编室（0531）82098472
　　　　　　　　　　　市场部（0531）82098479　82098476（传真）
　　　　　　网　　址　http://www.hbcbs.com.cn
　　　　　　电子信箱　hbcb@sdpress.com.cn
印　　刷　山东新华印务有限公司
规　　格　787毫米×1092毫米　1/32
　　　　　　7.75印张　110千字
版　　次　2021年4月第1版
印　　次　2021年4月第1次印刷
书　　号　ISBN 978-7-5474-3828-2
定　　价　38.00元

如有印装质量问题，请与出版社总编室联系更换。